秋緣齋隨筆

阿瀅｜著

目次

文化行旅

書人書事

齋中品茗

【代序】

關於秋緣齋——答作家陳瓷問

第一問：秋緣齋命名的含義是什麼？

我這人其實特別簡單，秋緣齋的命名也沒有特別的含義，我在二〇〇一年曾經寫過一篇〈說室名〉，其中就有對齋名的解釋：我取室名「秋緣齋」，其原因有二，一是我出生在秋天；二是我愛秋令這個季節。一提起秋天，我的眼前總是浮現出那年金秋到九頂鳳凰山參加筆會時的情景，滿山紅彤彤的柿子，給人一種心靈的震撼。我覺得自己與「秋」有緣。

第二問：秋緣齋成立於什麼時間？

我的藏書是從幼年就開始了，只不過那時一年也搞不到幾本書，我的第一部藏書《戰地紅纓》是我讀三年級時爸爸送我的，這部書我曾先後讀過三遍，至今我還留著，只是被同學們傳閱時，把封面弄丟了。前幾年我在孔夫子舊書網上看到了這本書，當時很激動，馬上又訂購了一冊。我的書房隨著年齡而逐步成長，原來的書房在臥室裏，直到一九九〇年單位分給我一套平房，有前後兩個小院，房子不大卻很方便。房子被切割成五個小房間。兩間臥室，一間客廳，一間廚房，靠後院的那間當做了書房，房間只有五六平方米，好在當時的書不是很多，只有一個書櫥和兩個小書架，在臨窗的地方安放了一張寫字臺，鄭板橋所書的「小書齋」拓片壓在寫字臺的玻璃板下，這才擁有了專門的書房。當時沒有齋名，二〇〇〇年才取了齋名——秋緣齋。由於近年把資金投入了海南農場，暫時沒有買房。但藏書不斷增加，原有的書房根本無法存放日漸增多的書籍，為了讓這些藏書有一個舒適的家，便在外面租了一套較大的房子，先後多次搬家，因而，秋緣齋成為流動書房，二〇一一年，這些跟我流浪了十年「書妃」們將會有一個穩定、舒適的住所了。

齋名二〇〇六年由豐一吟先生題寫。

第三問：秋緣齋藏書多少？最大比重的是哪一類書籍？最有特色的藏品是什麼？

秋緣齋的總藏書量沒有準確的數字，因為我從來沒有去清點過，也沒有時間去清點，而且書每天都在增加，數字更不好統計。書的總冊數並不是很多，約計有一萬多冊。

我的藏書主要是文史哲類，藏書中沒有所謂的孤本、珍本，都是自己喜歡讀的書以及常用的工具書，我的書不是為了藏，而是為了閱讀和查找資料。在我眼裏這些書都是「珍本」。

秋緣齋的藏書有兩大特色，一是張煒著作版本收藏。當初並不是刻意收藏張煒作品，是在讀了《古船》之後，開始偏重購買張煒作品，不知不覺中張煒著作竟買了幾十種，本以為收藏了張煒大部分著作，查了資料發現他出版的著作遠遠不止這些，便心生收藏張煒之意，開始留意張煒著作。外地書友甚至還有一些素不相識的書友在看到我的淘書日記後，知道我收藏張煒作品，也為我代淘張煒著作。至今秋緣齋已藏張煒著作版本一百三十多種，這其中也有張煒陸續為我寄來的二十多種，張煒在我所藏的他出版的第一部書《蘆青河告訴我》上題道：「阿瀅是寫作者的永恆鑒定。」

第二個特色是作家簽名本。秋緣齋有兩個書架是作家簽名本專架，有一千餘冊。這些簽名本有袁鷹、谷林、文潔若、姜德明等老作家的，有張煒、張海迪、彭國梁、伍立楊等中年作家的，有朱金順、陳子善、馬曠源、徐雁等學者的，有羅文華、程紹國、薛原、王國華等媒體人的，有俞曉群、龔明德、王稼句、止庵等出版家的……作家題上款簽名本占百分之九十五以上，還有很少的一部分是從舊書市場淘來的，也有個別的是朋友在作家簽名售書時購買後寄贈的。

以上兩個專題藏書是秋緣齋的珍品。

第四問：秋緣齋的豐富性就在於她不是靜止的書齋，而是一個文學創作的淨土，她是「活」的。她的「活」，體現在出書，辦報，寫博，書友交流。你能大致地談談這幾方面的情況嗎？

（1）創辦報刊

二〇〇二年十月，我主編了一份《農村科技導刊》雜誌，共出版七期。二〇〇三年六月，我受聘創辦《泰山週刊》，並擔任《泰山週刊》執行總編，報紙創刊後不久，開設了面向全國的副刊，每期四版，一版「作家專欄」，為一些老作家開設了專欄；二版「詩意空間」，專發詩歌作品；三版「散文天地」，刊發一些知名作家及本地作者作品；四版「泰山書院」，為書話專版，刊發了大量的書話作品，並相繼為陳夢熊、陳子善、龔明德、王稼句等推出了圖文並茂的「書人側影」專版。《泰山週刊・副刊》在讀書界引起很大反響。

二〇〇六年六月，創辦了讀書雜誌《泰山書院》，流沙河題寫刊名，三十二開本，不定期出版。設有做客書房、書人側影、序與跋、書界掌故、版本談故、書軒品茗、刊叢擷華、淘書瑣記、書苑春秋、學人隨筆、書房故事、作家書簡等欄目。雜誌面向全國作家、學者贈閱。

二〇〇九年一月，創辦《新泰文史》雜誌，季刊，十六開本，設有天南地北新泰人、往事如煙、史林探幽、人物春秋、譜牒研究、平陽紀勝、平陽書聲、竹溪副刊等欄目。面向本地發行。

（2）出書

自二〇一〇年出版第一部散文集以來，至今已公開出版個人作品集九部。其中有在大陸出版六部：《書緣》、《尋找精神家園》、《秋緣齋書事》、《秋緣齋書事續編》、《秋緣齋書事三編》、《那一樹藤蘿花》；在臺灣出版三部：《九月書窗》、《尋找精神家園》、《放牧心靈》；主編了散文集《心靈牧歌》、《散文十家》等，為他人編書二十餘種。

（3）寫部落格

二〇〇五年九月二日，在一家敏思博客網站第一次開辦部落格，取名「書林漫步」，設有人生履痕、秋聲夜話、書林漫步、書人書事、弁言跋語、書香人生、秋緣齋書事、秋緣齋筆記、理性的折光等欄目，選中這家網站開部落格，是因為看中了這家網站的頁面，一般的部落格網站都是日誌型的，而敏思部落格卻是雜誌型的，欄目下面是文章題目，點擊題目就會打開文章。我喜歡這種頁面，可惜好景不長，第二年七月份，收到了網站因資金問題即將停止運行的通知，只好選擇搬家。但新浪、網易這些網站上，只要留下其他網站的地址和郵箱，馬上就會被刪掉。我鄙視這些網站的小家子氣，二〇〇六年七月二十日，在人氣更旺的天涯社區重新開設了部落格「書林漫步」，後易名「秋緣齋」。秋緣齋部落格除了上傳新文章，還是讀書界的一個訊息視窗，及時發佈各地讀書報刊目錄及各地作者新書出版情況。截止二〇一〇年八月，瀏覽量已達一百八十多萬。

（4）書友交流

近年來與各地書友交流不斷，除了網上交流，相互寄贈書刊外，還有許多面對面的交流，中國閱讀學研究會的會議和全國民間讀書年會每年都輪流在各地召開，在會上可做直接交流；再是走出去，我每年都要安排時間到各地訪書、訪友、訪名勝；各地師友也利用來山東開會、旅遊等機會到秋緣齋做客。北京劉德水，河南劉學文，江蘇張勇、姜曉銘，吉林王國華，湖南吳昕孺……都為秋緣齋留下了珍貴的記憶。

二〇一〇年九月五日於秋緣齋

文化行旅

RUSSIAN FEDERATION
MONGOLIA
GOBI
NEI MONGOL ZIZHIOU
DA HINGGAN LING
XIAO HINGGAN LING
HEILONGJIANG
MANCHURIA
JILIN
LIAONING
NORTH KOREA
SEA OF JAPAN
Harbin
Changchun
Shenyang
Dalian
Heihe
Manzhouli
Qiqihar
Baicheng
Mudanjiang
Tonghua
Fushun
Benxi
Anshan
Jinzhou
Fuxin
Dandong
Korea Bay
Liaodong Bandao
Xilinhot
Hohhot
Baotou
Zhangjiakou
BEIJING (PEKING)
Tangshan
Tianjin
Bo Hai
Baoding
Shijiazhuang
HEBEI
Yantai
Shandong Bandao
Datong
Taiyuan
SHANXI
Handan
Jinan
Zibo
Weifang
Qingdao
SHANDONG
YELLOW SEA
Yinchuan
NINGXIA
Luoyang
Kaifeng
Zhengzhou
Xuzhou
Lianyungang
HENAN
JIANGSU
Nanyang
Bengbu
Huainan
Nanjing
Wuxi
Suzhou
Shanghai
ANHUI
Hefei
Wuhu
Hangzhou
Ningbo
ZHEJIANG
EAST CHINA SEA
Xinyang
Wuhan
Shashi
HUBEI
Nanchang
JIANGXI
Wenzhou
Changsha
Xiangtan
HUNAN
Hengyang
FUJIAN
Quanzhou
Taiwan Strait
TAIWAN
Shantou
GUANGDONG
Guangzhou
HONG KONG
MACAO (to Portugal)
Wuzhou
Liuzhou
GUANGXI
Nanning
VIETNAM
LAOS
Gulf of Tongking
Zhanjiang
Leizhou Bandao
Haikou
HAINAN
Hainan Dao
SOUTH CHINA SEA
GUIZHOU
Guiyang
YUNNAN
Kunming
SICHUAN
Chengdu
Chongqing
Zigong
Panzhihua
INDIA
SHAANXI
Xi'an
Baoji
GANSU
Lanzhou
Xining
QINGHAI
QILIAN SHAN
Yumen
Golmud
Guangyuan
Lhasa
Hami

印象湖州

去一個地方旅遊並不全是當地景觀的吸引，往往因了這兒有相知相交的友人，湖州作家張建智還有族兄郭湧是促使我去湖州的最大誘因。外出計畫幾次因瑣務所擱置，庚寅春，終於得以成行。看到了當時占大清國三分之一財富的南潯古鎮的真實面貌，參觀了仰慕已久的江南四大藏書樓之一的嘉業堂藏書樓，拜謁了國民黨元老張靜江故居，暢遊了江南最大的濕地公園——下渚湖國家濕地公園。滿載而歸！

學者張建智

與湖州學者張建智相識雖屬偶然，亦為書緣所致。

二〇〇七年元旦剛過，我收到一封郵件，說他的一篇文章收入了作家桂苓主編的一本書中，沒有收到樣書，與桂苓也聯繫不上，從網上搜索得知我與桂苓相識，便給我寫信，讓我從中聯繫。他便是湖州學者張建智。二〇〇五年四月桂苓、劉琅夫妻主編的三卷本二十世紀的記憶叢書——走近大師系列《記憶：舊時月色前朝影》、《舊影：一代孤高百世師》、

《從前：萬人如海一身藏》，由中國友誼出版社出版。張建智的文章《遲到的訃告——悼鄭超麟先生》收入《舊影：一代孤高百世師》一書中，這三本書秋緣齋均有藏。遂將張建智郵件轉給桂苓。桂苓回信說：「我只負責擬出目錄給出版社，其他一切都是社裏去處理，責任編輯都很年輕，可能不知道很多作者的山高水深，難免會有疏漏，我再跟他解釋吧。」

很快張建智就發來郵件說：「由於你很負責任地轉了信，從而收到了桂苓之來信。為感謝你的負責精神，我想寄贈你拙著《張靜江傳》，以結文友。如《張靜江傳》你已買了，那麼請在網上一查我的其他著作，告我喜讀那一本，我就寄你指定的那本。」

張建智是傳記作家、文化學者、中國社科院特約研究員，原湖州市外事辦主任。主要著作有《張靜江傳》、《儒俠金庸傳》、《嘉業南潯》、《詩魂舊夢錄》、《墨耕雅趣》、《中國神秘的獄神廟》、《烏鎮》等，在《博覽群書》雜誌開設專欄。他亦是超級蠹魚，收藏了許多民國版本。從書架上隨意抽出一本書，就能寫出一篇精美的書話。

時過不久，我收到了他寄來的《張靜江傳》。該書以大量鮮為人知的史料披露了國民黨「四大元老」之一、民國奇人張靜江與孫中山的生死之情、與蔣介石的恩恩怨怨，及醉心「經濟救國」的卓越實踐。以後，又陸續收到他的作品《嘉業南潯》、《儒俠金庸傳》、《紅樓半畝地》等。每當新書出版，他都會寄來一冊。

原來只知道金庸是武俠小說宗師，對他創辦《明報》的過程知之甚少，讀了建智兄的《儒俠金庸傳》，才對金庸有了全面的瞭解。金庸不但是武俠小說大家，還是一位成功的報人，他的小說也帶動了香港報業的發展，他每天堅持寫社評，寫小說連載，還要管理報社。我做過幾年的報紙，深知報紙創業之艱難，更能理解金庸。功成名就之後，又能全身而退，真乃大儒也。金庸訪問湖州時，由建智兄全程陪同，因而，對金庸的描述更加到位。

讀建智兄的《嘉業南潯》，他筆下的小蓮莊、嘉業堂藏書樓、張靜江故居，讓我生出無限遐想，對南潯古鎮產生了嚮往之情。

與張建智兄因他通過我來找人而相識，後來，也有人通過我來找他了。二〇〇八年五月份，團結出版社的一位編輯的來信說，想出版《張靜江傳》，現在市面上有兩個版本的《張靜江傳》，其中湖北人民出版社出版的張建智寫的《張靜江傳》較好，但沒有張建智的聯繫方式，偶然看到我的博客，知道張建智是我的朋友，便讓我從中聯繫。出版社找上門來，這是好事，馬上通知了建智兄，並很快簽訂了出版合同。幾個月後，《蔣介石「導師」：張靜江傳》出版了。建智兄在《再版前言》中專門表達了謝意。

兩次充當建智兄的信使，使我們成為好友。建智兄有枚印章「佛緣」，而我們之間則是佛緣加書緣。

走進南潯

四月七日，搭乘湖州友人蘧總的車子趕往湖州。下午七點到達湖州，建智兄帶了一本

《隨筆》雜誌，在賓館等我，與建智兄相交幾年，這才第一次見面，但沒有一絲陌生的感覺。他不但從事傳記的寫作，對《易經》亦頗有研究，還曾出版了《易經與經營之道》等書。最近他的又一部傳記作品《王世襄傳》即將由江蘇鳳凰出版集團出版。與建智兄聊了許多文壇趣聞，臨走時說，他已安排好這幾天的日程，明天去南潯古鎮。

翌日上午，張建智與湖州師範學院沈行楹聯藝術館館長王增清教授過來接我，驅車前往南潯。南潯區位於湖州市東四十公里處，在明清時代就是一個典型的江南水鄉名鎮和旅遊勝地。明萬曆年至清代中葉，蠶絲業和手工業、繅絲業的興起及商業的發展，為南潯經濟繁榮鼎盛時期。到達南潯後，南潯區委辦公室的眭先生陪同我們遊覽。

南潯的富商幾乎都靠經營蠶絲業發跡，俗稱「四象」、「八牛」、「七十二隻黃金狗」。導遊講，家裏稱一千萬兩白銀的稱「象」，五百萬兩的稱「牛」，一百萬兩的稱「狗」，可見南潯之繁華富足。民間有「湖州一個城，不及南潯半個鎮」之說。南潯不但富商多，也崇文重教，自古以來，人才輩出，僅宋、明、清三朝統計，南潯籍進士四十一名、京官五十六名、州縣官五十七名。

南潯「四象」遺跡尚存「兩象」——劉家與張家。我們先後去了張石銘舊居、劉氏小蓮莊和江南四大藏書樓之一的嘉業堂藏書樓。

張石銘舊居被稱為江南最大的具有中西建築風格的私家古民宅，號稱「江南第一宅」。原名懿德堂，是江南巨富，「南潯四象」之一張頌賢之孫張均衡在清朝光緒年間建造的。正大廳腰門上有吳昌碩手書的匾額「世德作求」。張石銘舊宅有五進院落，房屋數百間，建築風格中西合璧。眾多精美生動的木雕、磚雕、石雕以及從法國進口的玻璃刻花等，都具有很高的藝術欣賞、民俗建築和文物價值。

劉氏小蓮莊是清光緒年間南潯「四象」之一的劉鏞的私家園林，其中有劉氏家廟及義莊，是一座標準的中國式園林建築。門額上的「小蓮莊」三字為學者鄭孝胥所書。小劉莊西側是是著名的嘉業堂藏書樓，係劉鏞孫劉承幹於一九二〇年所建，規模不如寧波天一閣大。藏書樓因清帝溥儀所贈「欽若嘉業」九龍金匾而得名。嘉業堂藏書樓呈「口」字形迴廊式兩進兩層走馬樓，當時沒有電焊，迴廊中的鐵欄杆全部是用鉚釘鉚住的。中間的天井是曬書用的。整幢樓共計五十二間。原來珍藏著宋版《史記》、《前漢書》、《後漢書》、《三國志》四部史書。兩側為「詩萃室」，存放古本詩詞，主要是清人集部。樓上為「希古樓」，存放經部古籍。外面一間為「黎光閣」，存珍本《四庫全書》一千九百五十四冊。裏面正房名「求恕齋」，原存放史部古籍。嘉業堂藏書樓中還有一份周恩來保護藏書樓的手令。南潯解放時，當時周恩來下令保護藏書樓，解放軍專門派一連戰士駐守藏書樓，保護了這批珍貴書籍，藏書樓得以完整地保存下來。

三個地方轉了下來，已近中午，南潯區委副書記楊興龍設宴招待我們一行。在這兒吃飯不像山東那樣繁瑣，賓主落座之後就開始相互碰杯致意，酒喝多少也無人計較，非常輕鬆。楊書記指著一盤青菜說：「這叫繡花錦，很香！」我嚐了一下，果真很香，菜的外表像油菜，普通的很，但味道卻大不一樣。我問，是佐料的緣故還是菜葉本身的香味。他們說，是菜本身的香味。傳說是當時西施卸妝後洗臉的水澆灌附近的菜地，因而，那菜就變得有香味了。西施洗臉的那個村子叫洗粉島，只有這個地方才出產繡花錦。原來這菜竟然有著一個美麗的傳說。

飯後，建智兄問我，還想去什麼地方？我說，去張靜江故居看看。張靜江與張石銘為堂兄弟。張靜江故居與張石銘舊居相隔三公里。「張靜江故居」橫額由國民黨元老陳立夫所書。中堂畫係謝公展所作，兩側是孫中山題寫的對聯：「滿堂花醉三千客，一劍霜寒四十州」，抱柱聯為帝師翁同龢題：「世上幾百年舊家無非積德，天下第一件好事還是讀書」。側廳裏懸掛著張靜江手書贈陳立夫的對聯「鐵肩擔道義，棘手著文章」。

張靜江又名人傑，是國民黨四大元老之一，曾任國民黨中央政治會議主席、國民政府主席。被稱為民國奇人。他出身江南絲商巨賈之家。一九二〇年隨駐法公使孫寶琦出國任駐法商務參贊一職並開始在國外經商，與中國民主革命的先行者孫中山先生結識後便開始從經濟上給予支持。在蔣介石建立南京國民政府後，主持建設委員會工作。晚年逐漸淡出政治，轉而信佛，故又名「臥禪」，佛名智傑。一九五〇年九月三日病逝於美國紐約。他的一生充滿了傳奇色彩，中華民國的締造者孫中山和南京國民政府的建立者蔣介石均與他有著非同尋常的關係，孫中山稱之為「革命聖人」。蔣介石是經過張靜江的扶持，逐漸登上了國民黨的權力頂峰。因而蔣介石對張靜江的幫助十分感激，稱之為革命「導師」。儘管日後有了矛盾，但當張靜江病逝後，國民黨中央黨部在臺北特設靈堂公祭，蔣介石於靈堂之上親書「痛失導師」的輓詞，並臂佩黑紗親自主祭。

張靜江修的鐵路，創辦的電廠還有許多建設項目至今仍在使用。可以說他對中國的經濟建設做出了巨大的貢獻。

南潯是一個令人產生無限遐思的地方！

大哥郭湧

郭湧是我的本家大哥，今年八十歲，大嫂大他六歲。說起這段姻緣，大哥說，他父親與同窗好友王建青都在鄉間教書，大哥八歲時，王建青看他眉清目秀，伶俐聰慧，心生愛意，便將十四歲的侄女許配給他。當時，身著青布長衫的王建青，帶著筆墨等物到大哥家商定結親之事，家人告訴大哥說，你三丈人來了，嚇得他躲到了磨道裏不敢出來。後來，王建青參加八路軍，任濱海軍區第二軍分區司令員、第三野戰軍二十六軍七十七師師長等職。建國後，任南京軍區工程兵政委。一九五五年被授予少將軍銜。

大哥郭湧十三歲時與大嫂一起去濱海跟隨岳叔王建青參加革命，歷經百戰，數次立功。解放後，轉業浙江省德清縣從事群眾文化工作。大嫂曾任華東建大學員、濟南軍管會幹部、徐州市建國路派出所所長等職，一九八三年離休。大哥是作家也是書法家，係湖州市書法家協會副主席，德清縣書法家協會主席，出版有《郭湧劇作詩文選》，主編了《德清縣文化史料》、《中國民間文學集成・德清卷》、《德清文化志》、《德清戲曲志》等，他創作的電視連續劇《莫干劍》由王芳題寫片名，在各級電視臺播放。

人到暮年，思鄉心切，遂生落葉歸根之念，回新泰買了一套房子，同時，在王建青將軍墓後建塋，以期西歸道山之後，仍能以岳叔為伴。此後，大哥郭湧便夏天來新泰，冬天回浙江，做了候鳥一族。我們見面的機會也就多了。二〇〇六年夏天，因續修族譜，我陪他回老家指導修譜，參觀新落成的郭氏祠堂。車到村頭，他下車問路，看到他與人聊天的樣子，腦子裏突然冒出了「少小離家老大回，鄉音無改鬢毛衰」的詩句，他在外工作幾十年，依然一口家鄉話。

依大哥的資歷，職務應該很高的，但他倔強的性格註定了在仕途上不會有大的發展。但在文藝上的成就得到了人們的尊敬。

大哥說王建青生前曾經整理了自己的詩詞，想請王芳作序後出版，後來由於王芳太忙，就放下了，直到去世也沒有付梓。我讓他趕緊聯繫，找一份將軍詩稿。大哥給王建青的三子王洪高打了電話，寄來了《王建青詩詞草稿》列印稿，這部詩稿收錄了王建青將軍從一九三二年至一九八六年創作的詩詞三百餘首。我找人複印了三份，做文史研究的李光星撰寫了將軍小傳，我整理增加了詩稿目錄，之後，請人做成精裝本，讓郭湧題簽，並在扉頁前題詩。我作〈《王建青詩詞草稿》小記〉一文附後，後發表於南京《開卷》雜誌。三部珍貴的《王建青詩詞草稿》精裝本由我、光星和郭湧分而藏之，以免使將軍詩稿湮滅於塵世。

大哥對求字者總是有求必應，每次寫字後，都要到裝裱店裝裱後，再送給求字者，而且，他的作品大都是自作詩詞。他曾送我一幅作品：「有緣遇族弟，喜聚青雲間。泰山振雄筆，週刊執主編。嶽木添秀色，汶水揚琴弦。胸臆鍾故土，華章頌家園。品文樸而雅，意志鋼鐵堅。俯讀書緣集，感動譜詩篇。」因偏愛小弟，文字有溢美之處。

湖州市原群眾藝術館館長、劇作家顧政是大哥的老朋友，得知我要去德清，他與建智兄也要同去看望大哥郭湧。在路上，顧政先生說：「原來我每次到德清出差都要住在你大哥家裏，否則，他會不高興的。」大哥的老友陳景超曾寫了一首〈臨江仙〉贈他：「書苑推敲書藝，文壇掌執文權，豪情爽氣結人緣。組辦不居後，樹行總領先。把酒醉心戲曲，觀光刻意吟箋，精耕細作獲豐年。天淨晚霞美，風和日落圓。」

建智兄給大哥帶去了他的作品《張靜江傳》，大哥也回贈他幾部自己創作或主編的作品集。見到張建智，大哥風趣地說他長得像馬英九，細觀建智兄，果真有些相像。

大哥對我關心備至，時常打電話詢問家中情況。他知道我喜歡喝茶，每年都給我郵寄莫干山茶和筍乾等。我和妻子一到德清，大哥就說：「你的房間準備好了，被子也曬好了。」為了接待我們，他還專門從南京召回了大女兒。他女兒也說：「你來之後，他太興奮了，什麼毛病也沒有了。」在德清的幾天，大哥一直陪伴著我外出遊覽，我怕他累，讓他在家裏休息，他說什麼也不肯。離開德清的那天，一直在下雨，一整天，我都在與大哥聊天。吃過晚飯，大哥讓兒子送我們去火車站。過來一會兒，帶著一把雨傘也來到了火車站，他一個八十歲的老人冒著雨又是晚上來到車站送我，讓我不知說什麼好。我說：「大哥，下著雨，你又來幹嘛？」他說：「不看著你上火車，我睡不著覺。」檢過票後，他又把我送到站臺，送上火車。

火車開動了，透過車窗，看到他還在站臺上站著。雨依然在下，他竟然沒有打開手中的雨傘。

城市之肺下渚湖

濕地，乃城市之肺。

下渚湖原稱防風湖，下渚湖國家濕地公園位於德清縣城東南防風古國所在地，防風古國是距今大約四千年的江南較大的部落之一，因部落首領防風王助大禹治水有功，乃立防風國。

上了遊船後，聽導遊講中心湖區面積約一千八百九十畝，相當於一點二六平方公里，整個水域面積三點四平方公里，是江南最大的濕地公園。下渚湖的神奇在於湖面或開闊如漾，水天一色；或狹窄如港，汊道曲折，遍佈湖蕩的島嶼沙渚土墩形態各異，隱伏島嶼台墩六百餘座。湖中有墩、墩中有湖；港中有汊、汊中套港。清代戲曲作家洪昇曾有詩贊曰：「地裂防風國，天開下渚湖。三山浮水樹，千巷劃菰蘆。埏埴居人業，漁樵隱士圖。煙波橫小艇，一片月明孤。」

下渚湖湖面寬廣，水草豐腴，湖岸長著密密翠竹、野生蘆葦。小島上到處都是盛開的油菜花，去年曾專門到興化看油菜花，結果錯過了花期，今年有幸看到了大片的油菜花。導遊說，油菜花都是當地的農民劃著小船來種植的，現在正是油菜花盛開的時期，再過一周，就看不到油菜花了。

遊船在朱鸝島停下，大家上島看鳥，迎面的小山上樹冠上到處都是白鷺，引得遊客頻頻抓拍白鷺起舞的鏡頭。沿山路東行，來到了朱鸝養殖區，朱鸝是日本的國鳥，但是現在日本已經滅絕，而在下渚湖濕地卻繁殖得很好，說明這裏的環境適宜朱鸝的生存。朱鸝是稀世珍禽，被譽為「東方瑰寶」、「東方寶石」。世界鳥類保護會議曾將朱鶴列入「國際保護鳥」。上世紀八十年代國家郵政局曾發行了一套三枚的《朱鸝》郵票。我們非常有幸在這兒看到了朱鸝。

島上有了一標本陳列館，曾在這片濕地生活過的動物大到野豬、狼、鹿，小到松鼠、蝴蝶應有盡有，栩栩如生。

從朱鸝島下來，又上船行進了一段時間，來到了另一座小島，島上只有用竹子搭建的主橋和竹屋。到這兒主要就是品嚐當地有名的烘豆茶，烘豆茶用橙子皮、野芝麻、烘豆、筍乾、丁香蘿蔔、茶葉等配製而成，鹹香適宜，風味獨特，清爽可口。據說烘豆茶最初是給丈母娘泡給毛腳女婿喝的，茶中放的材料越多，說明丈母娘對女婿越滿意，如果材料放的少，就說明丈母娘沒有看上女婿。後來，這種茶慢慢地流傳下來，成為當地人們的飲用佳品。

返回的遊船進入了一個彎彎曲曲的航道，兩側的蘆葦剛剛長出新芽，再過幾個月，蘆葦長高了，在這裏穿行就會像進入了迷宮。這兒水深只有一米，而水下的淤泥則有一米半深。島上的古香樟樹高大茂密，露出地面的樹根盤根錯節，小船行駛至此，彷彿進入了史前時代，這時，如果突然從樹後閃現幾位頭戴花翎，腰纏獸皮，手持弓弩的土著人，人們也不會感到奇怪的。

遊船駛過的一座島上蓋滿了別墅，有一百六十多幢。導遊說，這些別墅建成五年了，但一直沒有入住。現代風格的建築處在完全是原始生態的濕地，格外扎眼。不知道開發商是如何買通的昏庸掌權者，做下了如此大孽。好在有消息說，這些別墅要全部拆除，儘管國家會有上百億的損失，但剜除了城市之肺上的毒瘤，還是值得的。

在濕地公園附近的防風飯店吃過午飯後，我們來到了防風祠。門口立有一塊「防風古國中國烘豆茶發祥地」碑，背面是郭湧大哥書寫的碑文〈防風神茶記〉。防風祠是為了紀念上古治水英雄防風氏而建。據史料記載：夏禹治水成功，邀天下各路諸侯在會稽山慶賀，防風氏因故遲到，禹把他殺死，並暴屍示眾。事後大禹查明，防風氏在赴會途中遭遇天目山山洪暴發，苕溪氾濫成災，防風氏因參加防洪搶險才遲到。且防風氏治國有方，深受百姓愛戴，不僅為他昭雪，而且還封為防風王，令防風國建造防風祠供奉防風氏神像。八月二十五祠建成之日，大禹親臨防風祠祭祀，並令朝廷載入夏朝祀典，傳之後世以示紀念。

防風祠大殿重簷翹角，氣勢壯麗。匾額「風山靈德王廟」。祠中塑有防風氏神像，祠前東側立有五代吳越王錢鏐〈修建風山靈德王廟碑記〉石碑，靈德王是防風的封號。大殿南面有一戲臺，每年八月二十五日當地百姓都請來戲班唱戲紀念防風氏。

好客湖州人

幾年前就想去湖州，但因瑣務纏身而一直未能成行。庚寅春日，湖州蘧總來新泰辦理業務，經鄉兄張勇的引介，便搭乘蘧總車子，前往湖州。去看嚮往已久的南潯古鎮、張靜江故居、嘉業堂藏書樓，並到德清看望大哥郭湧。蘧總是一位精明強幹的小夥子，幾乎每個月都要跑一趟新泰，一路上聊得特別開心。

在路上，接到湖州作家張建智的訊息，說在浙北大酒店安排好了房間。蘧總說，浙北大酒店是湖州檔次很高的酒店。下午七點，到達浙北大酒店時，看到酒店的名字是劉海粟九十三歲時題寫。

翌日清晨，張建智和湖州師範學院王增清教授接我前往南潯古鎮。由南潯區委辦公室的眭先生陪我們遊覽了張石銘舊居、劉氏小蓮莊、嘉業堂藏書樓和張靜江故居。中午，南潯區委副書記楊興龍設宴招待我們一行。

第三天，張建智與劇作家顧政陪我前往德清縣，看望大哥郭湧。德清因古人一句「人若德行，如水至清」讚譽而得名。南北朝時梁代著名文學家沈約、唐代詩人孟郊、紅學家俞平伯等都是德清人。俞平伯曾贈劉海粟一幅墨寶，在張建智的聯絡下，劉海粟的兒子捐獻給了德清縣珍藏。

在德清得到了大哥郭湧及德清友人的盛情款待。中午，德清縣政協副主席費羅坤在新世紀大酒店為我們接風洗塵。費主席對南潯歷史文化了若指掌，亦有自己獨到的見解，現正在主編一部《德清茶文化》。晚上，費主席仍在新世紀請客，縣政協文史委主任楊振華從揚州特意趕回來，德清縣文聯周主席、教育局羅書記等均來陪餐。期間，瞭解到德清從事文學創作的人很多，明清以來江浙一帶的文人不勝枚舉，德清文藝人才多並不意外。

費主席得知我想去莫干山和下渚湖國家濕地公園，馬上安排車輛，並讓文史委楊振華主任陪同前往遊覽了下渚湖國家濕地公園。楊主任是作家，原任縣文聯主席，受贈其著作《永遠的遊子吟》，是一部解讀德清歷史文化名人的散文集，圖文並茂，頗具史料價值，張抗抗為之作序。另有他主編的兩冊德清縣政協文史資料《德清遊子文化》和《雙城記——德清縣武康・城關（乾元）城史紀略》。

因天下雨，而沒有去莫干山，留下了些許遺憾，但也為日後再去湖州留下了充足的藉口。湖州，還有茶文化、筆文化等，有待於學習、瞭解、探尋。

二〇一〇年四月十九日於秋緣齋

原載二〇一〇年第二期《新泰文化》（山東）

姑蘇書香行

二〇一〇年世界讀書日期間，余應邀赴鐵琴銅劍樓所在地常熟古里參加由中國閱讀學研究會與《博覽群書》雜誌社聯合舉辦的「書香古里：二〇一〇，華夏閱讀論壇」。期間，先去拜訪了蘇州名士王稼句，參觀了稼句兄的書房、晚清四大藏書樓之一的鐵琴銅劍樓、翁同龢故居，遊覽了沙家浜及留園、寒山寺等，特記之行程，與眾友共享。

4月20日，星期二，陰轉小雨

上午十點，與玉民兄乘車趕到泰安，在車站附近的一家小飯館吃過午飯後，就到泰山火車站候車室等候。由於常熟不通火車，我們訂了D一九五次瀋陽至上海的和諧號動車，在蘇州下車，然後再轉車去常熟。

第一次乘坐動車，感覺很好，車廂裏乾淨整潔，座位與飛機座位差不多，而且兩排座位之間的距離比飛機要大、寬敞，而且不會像一般的快車那樣擁擠。一路上都在下雨。晚九點半，在蘇州站下車，雨仍在下，搭計程車前往王稼句介紹的新天倫之樂大酒店住下。

4月21日，星期三，小雨轉晴

雨不緊不慢地下了一夜，早晨反而更大了，如果這樣下去，就沒法出門了。用過早餐後，雨終於停了。打的來到王稼句所在的世紀花園。稼句兄的宿舍樓前有一條河，樓後也有一條小河，他說前面的河是護城河，後面的河是內城河，他的房子就在原來城牆的位置。稼句兄住四樓，是複式建築，他的房子加上閣樓共三層，有二百多個平方米，底層是生活區，二層四個房間都放滿了書，我把他書房一一拍攝了圖片，我說：「你的書房是蘇州最好的風景。」

在過道裏掛著胡適的書法「有一分證據說一分話」。

我問：「是胡適的真跡嗎？」

「是真跡，但是胡適的拜年貼。」稼句兄說：「胡適寫了許多同樣的條幅，作為拜年的禮物送人，我已經發現三幅同樣的作品了，黃裳先生家裏也有一幅。」

稼句兄有許多齋名，他曾用過「補讀舊書樓」、「櫟下居」、「夢櫟齋」、「城南小築」等，現在的齋名為「聽櫓小築」。稼句兄曾在文中寫道，「我每天總要站在陽臺上，望著那潺湲不息向東流淌的河水，還有偶爾在水上漂移的舟楫，尤其在夕照裏，波光粼粼，泛著金黃，遠處的山巒在高樓間露出淡淡的影子」。正因為他所處的特殊位置，才有如此富有詩意的齋名吧。在他的一個書房中懸掛著版本目錄學家、文化部國家文物鑒定委員會委員、原上海圖書館館長顧廷龍先生為他題寫的「補讀舊書樓」。

另一間書房裏有流沙河先生寫的唐代詩人胡宿的詩句「佳人挾瑟漳河曉，壯士悲歌易水秋。」一款識「稼句先生涵賞　流沙河　二千年秋成都」。流沙河先生的書法別具一格，他自己也說他的字別人很難仿寫的。

稼句兄的書法也別有一番風味，我趁機向稼句兄求字。他說寫什麼內容呢？我說，就寫周作人的詩吧。稼句兄拿出鍾叔河編的《兒童雜事詩》，隨手翻開一頁，提筆寫道：「老鼠今朝也做親，燈籠火把鬧盈門。新娘照例紅衣褲，翹起鬍鬚十許根。知堂兒童雜事詩應阿瀅囑　稼句」，鈐「王稼句」白文印章。

稼句兄每有新著出版都寄我一冊，因而他近年所出著作秋緣齋全部有藏，他便送了我幾冊別人的書。時近中午，他打電話約來了封面設計專家周晨。我曾看過許多周晨設計書衣的書，稼句兄在《讀書瑣記》一書中也有〈書裝家周晨〉一文，雖未見面，但對他有所瞭解。他原與稼句兄同在古吳軒出版社工作，後來調任江蘇教育出版社蘇州辦事處主任。見面後，周晨贈《閒畫小輯——周晨水墨小品》和他設計的筆記本《周莊記憶》。

稼句兄知道我不善飲酒，從家裏帶了一瓶法國葡萄酒，來到附近的一家酒店吃飯。稼句兄善飲，像山東人一樣豪爽，他的酒量我領教過，但周晨與玉民兄滴酒不沾，我陪他把那瓶葡萄酒消滅掉。我想，沒人陪他豪飲，他一定不會盡興的。

作家薛冰說過：「到蘇州不看稼句的書房，不喝稼句的茶，不飲稼句的酒，就等於沒到蘇州。」稼句兄的書房看了，茶水喝了，酒也飲了。真是不虛此行了。

午飯過後，周晨送我們到蘇州汽車南站，乘車前往常熟，到虞城大酒店報到時，看到簽到本上有鄭州大學圖書館趙長海的名字，放下行李，便來到趙長海的房間聊天。十幾年前，我與他交流過許多縣誌，他藏書四萬餘冊，鄭州大學圖書館為他闢了專室存放藏書，他的藏書也公開對外借閱。這次會上有一項議程是他的新著《新中國古舊書業》首發式座談會，他說在來開會之前，剛剛拿到樣書，送我一冊毛邊簽名本。

回到房間，海寧《水仙閣》主編陸子康兄與慈溪上林書社童銀舫、胡遐、勵雙傑來訪聊天。

晚，整理會議文件，見文件袋裏有書刊數冊，其中有線裝本《鐵琴銅劍樓題詠》，一函一冊，宣紙印製，常熟市圖書館整理，二〇〇八年十一月中華書局出版；《近代江蘇藏書研究》，江慶柏著，二〇〇〇年十月安徽文藝出版社出版；《瞿氏鐵琴銅劍樓研究》，曹培根著，二〇〇八年九月蘇州大學出版社出版。另有《水仙閣》雜誌及《圖書館報》等。

4月22日，星期四，晴

在賓館用過早餐，乘大巴前往鐵琴銅劍樓所在地常熟市古里鎮會議中心出席「2010書香古里『首屆閱讀節』開幕式暨全國首家『華夏書香之鄉』授牌儀式」，中國閱讀學研究會會長、江蘇省政協常委、南京大學教授徐雁向古里鎮授予「華夏書香之鄉——書香古里」牌匾。儀式結束後，來自各地的三十餘位專家、學者到三樓會議室參加「書香古里與晚清四大藏書樓報告會」，由中國閱讀學研究會副會長、人民教育出版社編審劉真福主持會議，南開大學教授陳德弟，湖南衡陽師範學院教授高虹，徐雁的四位碩士研究生榮方超、唐曦、呂竹君、許琳瑤，江蘇太倉學者陳秉均，浙江慈溪上林書社社長童銀舫，河南《尋根》雜誌副主編鄭強勝，常熟理工學院教授曹培根分別作了發言。最後，徐雁先生作了《古里常熟，琴劍書香》的報告。

會議日程安排的非常緊張，匆匆吃過午飯，與會人員便去參觀鐵琴銅劍樓，鐵琴銅劍樓與山東聊城海源閣、浙江吳興皕宋樓、浙江杭州八千卷樓合稱晚清四大藏書樓。鐵琴銅劍樓建於清乾隆年間，原名「恬裕齋」，由瞿紹基創建，瞿紹基去世後，其子瞿鏞更名為「鐵琴銅劍樓」，原因是在金石古物中，瞿鏞尤為珍愛一台鐵琴和一把銅劍，「嘗得鐵琴銅劍，遂以名其藏書之樓」，鐵琴銅劍樓由此得名。瞿氏五代樓主都淡泊名利，以讀書、藏書、刻書、護書為樂，總藏書達十多萬冊。鐵琴銅劍樓的藏書歷經劫難，日本侵華時期，第四代樓主瞿啟甲把書移藏於租界，瞿氏在常熟城裏的住宅和古里的老宅，除古里老宅內的部分房屋倖免於難外，其餘齋室堂舍以及所留書籍一千多種三萬多冊悉成灰燼。瞿啟甲臨終遺命：「書不分散，不能守則歸之公」。第五代樓主尊父命，在新中國成立後，將所藏珍本、善本及文物全部捐獻給國家，現分藏於北京圖書館、上海圖書館和常熟圖書館。

一九九一年，常熟市人民政府重新修繕藏書樓，由楚圖南先生題寫樓額。於樓內用圖文並茂的版面介紹、展覽櫃的實物介紹、當代書法名家的墨蹟介紹，反映該樓舊藏面貌，褒揚瞿氏世代愛書、藏書、護書、獻書的事蹟和對中國文化事業做出的巨大貢獻，並正式開放。

在樓主讀書的房間，案上擺放了幾冊線裝書，大家紛紛捧書拍照，以沾點靈氣，我也做讀書狀拍了一幅。

鐵琴銅劍樓主人不同於其他藏書者，藏書秘不示人，他們在藏書樓第三進樓下開闢了閱讀室，前來查閱古籍者，可以在這兒閱讀抄錄。主人還對讀者提供茶水服務，對遠道而來者還提供食宿方便，深受海內外學者的讚賞。

參觀結束，回到會議室，參加「晚清藏書主題研討會暨《新中國古舊書業》首發式座談會」，會議由中國閱讀學研究會副會長、河南師範大學教授張正君主持。鄭州大學圖書館趙長海介紹了其新著《新中國古舊書業》編寫出版情況。中原工學院圖書館館長張懷濤首先發言，我第二個發言，慈溪族譜收藏家勵雙傑、福建師範大學教授陳琳、人民教育出版社張華娟等相繼發言。

會上收到書刊一宗：《鐵琴銅劍樓與中國藏書文化學術研討會論文集》，鐵琴銅劍樓紀念館二〇〇八年十一月編印；《上林文叢》第二卷、《溪上書香》、《上林》雜誌、《博覽群書》雜誌、《爾雅》雜誌等。

晚上，古里鎮舉辦了歡迎酒會。回到虞城大酒店，常熟理工學院教授曹培根與鐵琴銅劍樓紀念館館長錢惠良來訪，相互贈書。

4月23日，星期五，晴

會議結束，接待方安排與會者旅遊。到了常熟自然要去拜謁有「中國維新第一導師」之稱的同治、光緒兩朝帝師的翁同龢故居。翁同龢不僅是政治家，也是一位學問深厚的學者、詩人和書法家。翁家巷口有一座醒目的漢白玉「狀元坊」。牌坊對聯：「此中出叔侄大魁、昆弟撫相，畫棟雕樑門第，海虞稱冠代；何必數榜眼感舊、會元有坊，華篇勝跡聲名，琴水讓高山。」聯中「叔侄大魁」是指翁同龢、翁曾源叔侄先後狀元及第。

翁同龢故居是江南地區保存較好的明清建築。其明清建築包括彩衣堂、轎廳、玉蘭軒、書樓閣、後堂樓、雙桂軒、晉陽書屋、思永堂、柏古軒、明廳等。走進翁氏故居的主體建築彩衣堂，迎面懸掛著一幅牡丹圖，兩旁是翁同龢所書對聯：「綿世澤莫如為善，振家聲還是讀書」。我想正是這種與人為善、堅持讀書的家庭教育，才使得這條老巷裏，在清末的不到百年間，叔侄兩位中了狀元，五人進士及第。

知止齋是翁同龢父親藏書的地方，取《老子》「知足不辱，知止不殆，可以長久」之意。此樓與玉蘭軒構成一個小區，作待客之用。樓上藏書，樓下供賓主吟詩、論文、賞書、品畫。翁同龢的父親翁心存有詩句云：「福祿貴知足，位高貴知止」。

甲午戰爭慘敗後，翁同龢向光緒帝舉薦康有為等進步人士，力主變法維新，為門生天子光緒帝擬定並頒發了戊戌變法的綱領性文件《定國是詔》，揭開了百日維新的序幕。因而觸犯了慈禧太后等人的利益，為此被開缺回籍，革職永不敘用。從此回到家鄉常熟，開始了隱居的生活。臨終前，他口占一絕：「六十年中事，傷心到蓋棺。不將兩行淚，輕向汝曹彈。」道盡了老人的宦海沉浮和無限憂傷。翁同龢著作有《瓶廬叢稿》、《瓶廬文抄》、《翁松禪遺墨真跡》、《翁松禪相國尺牘真跡》、《翁松禪手札》、《松禪遺畫》、《翁文恭公日記》、《翁文恭公軍機處日記》等。

晉陽書屋是翁同龢讀書之處，晉陽書屋匾下掛有翁同龢的一幅對聯：「入我室皆端人正士，升此堂多古畫奇書。」室內存放經史子集，文房四寶一應俱全，書案上鋪有毛布，上有宣紙。南開大學陳德弟教授坐在書案前，展紙提筆，作書寫狀，其妻依偎在他的身邊，我笑道：「真是紅袖添香呀！」我給陳教授拍完照片，也上去拍了一幅。

磚雕門樓也是翁同龢故居的一景，在上鐫「源遠流長」四字的清代磚雕垂花門樓前，徐雁兄的四位弟子榮方超、唐曦、呂竹君、許琳瑤與我合影留念。

翁氏故居後有一古玩市場，《博覽群書》主編陳品高問我哪有舊書賣，我問了一下賣瓷器的攤主，他說，只有週六和週日才有舊書攤。陳主編說他看到徐雁買了一包舊書。我們四處尋找，在另一個小胡同的拐角處看到了一個只有幾個平方米的小書屋，慈溪的童銀舫、胡遐和勵雙傑都擠在裏面淘書，有舊書決不能放過，我也擠了進去，四個人在裏面轉身都困資料》。

難。我挑了《錢君匋傳》和《蕭紅評傳》。這時，徐雁兄又轉了回來，買了幾冊《常熟文史

從翁氏故居出來，乘車前往沙家浜。常熟打響了沙家浜的旅遊品牌，就連蘇嘉杭高速公路的常熟出口也叫沙家浜。其實這兒原來不叫沙家浜，抗日戰爭時期，葉飛率領新四軍奉命轉移，在這兒留下了三十六位傷病員，以蘆葦蕩綠色帳蔓為掩護，依靠地方黨組織和無數「阿慶嫂」、「沙奶奶」式的當地群眾，與日偽匪展開了不屈不撓的鬥爭，譜寫了一曲曲軍民魚水情深的讚歌。作家汪曾祺以此為素材創作的滬劇《蘆蕩火種》，轟動申城，名聞江浙。後改編為京劇《沙家浜》，更是戶曉，百姓傳唱，沙家浜由此名聞遐邇。

以郭建光、阿慶嫂等形象為主創作的大型主雕屹立於瞻仰廣場中央，後面是葉飛題字的沙家浜革命歷史紀念館，館內陳列了沙家浜革命鬥爭歷史照片和革命文物。同時還採用了現代化多媒體景箱、場景復原、花崗岩浮雕等多種手段佈展，更加增強了展覽效果。

看了紀念館，乘坐遊覽車來到了依水而建的紅石村，村內的古街及兩旁的古建築都是新造的，村內有展現沙家浜的民俗風情的史料館、古船館、水鄉農具館，「壘起七星灶，銅壺煮三江；擺開八仙桌，招待十六方」的春來茶館也座落其間。對於這種人造景點，我不感興趣，買了一杯甘蔗汁坐在河邊休息。等他們打電話約我，我才趕到一個小碼頭的集合點。上了遊船，進入了蘆葦蕩，這才感到賞心悅目，心曠神怡。在這兒可以想像當年新四軍與敵人周旋於蘆葦蕩的情景。導遊說，這兒水深只有兩米，蘆葦蕩與湖州的下渚湖濕地公園差不

多，只是規模沒有下渚湖大。

人們在遊船上興致勃勃地拍攝著兩岸的蘆葦，在鋼筋水泥的世界裏待久了的人看到這兒的景色哪能不興奮呢。蘆葦蕩風景區占地面積一千多畝，其中蘆葦蕩面積占百分之五十。藍天、碧水、蘆葦讓人感覺到空氣新鮮。在這兒可以擁抱自然，享受綠色生態，追尋返璞歸真的真實體驗。

沙家浜景區裏遊人如織，隨著《沙家浜》、《三言兩拍》等影視劇在這裏陸續拍攝，更提高了沙家浜的知名度，使之成為了著名的旅遊特色鄉鎮。這一切全部得益於汪曾祺先生的作品《蘆蕩火種》，而在景區中卻沒有看到關於汪曾祺的任何介紹。我說：「汪曾祺的一部戲養活了這麼多人，當地政府應該在景區最顯眼的位置為汪曾祺先生塑像才是。」同伴也點頭稱是。

在景區內的陽澄湖大酒店用過午餐，乘車來到常熟車站，與大家道別後，我與玉民兄返回蘇州。仍下榻新天倫之樂大酒店。

4月24日，星期六，晴

本來打算先去寒山寺朝拜，再去拙政園欣賞蘇州園林藝術。酒店的工作人員推薦一日遊項目，並告知種種方便及好處，等我們上了旅行社的車子，也就被牢牢地套住了。

留園是中國「四大名園」之一，集住宅、祠堂、園林於一身，與拙政園、北京頤和園、承德避暑山莊齊名。蘇州造園藝術令人稱奇，許多以室內窗框為畫框，把室外空間作為立體畫幅引入室內。

導遊只解說了大概情況，便帶著遊客匆匆地走，園內許多景點都沒有去，在貫穿全園的曲廊壁上嵌有歷代著名書法石刻，根本沒有時間欣賞。

從留園出來，又去走馬觀花般看了合稱「盤門三景」的蘇州西南的「盤門」水陸城門、橫跨運河的「吳門橋」和「瑞光寺塔」。其中除了甕城稍有可觀之處，沒有留下多少印象。

虎丘有「吳中第一名勝」之稱，蘇軾曾經說：「到蘇州而不遊虎丘，誠為憾事。」傳說，吳王闔閭死後葬於此地，但由於虎丘塔已向西北傾斜，成為「東方比薩斜塔」而無法攀登，車子只能停在公路上遠遠地看了一下虎丘。

唐朝詩人張繼一首〈楓橋夜泊〉，使寒山古剎名揚天下。寒山寺內如同集市，想拍幅照片都找不到空間，等了半天總算在張繼詩碑前拍了一幅照片。在寺內捐了一百元錢，和尚給了一份蓋有寒山寺法主和方丈印章的募捐證書，並贈送了一份《寒山寺》佛教季刊。然後，交了五塊錢後，排隊上了鐘樓，敲鐘三下。

寺廟本是僧人清修之所，但寒山寺內，摩肩接踵，人聲鼎沸，鐘聲不斷。在這紅男綠女的世界裏，讓僧人如何靜心修行呢？何況還有一些創收專案需要僧侶配合。「楓橋夜泊」的深遠意境是再也無法體驗到了。

最後一站是報恩寺，俗稱北塔寺，是蘇州最古老的佛寺，號稱「吳中第一古剎」，建於三國，據說是孫權為報母恩所建。為八面九層寶塔，遊客可登上寶塔瞭望蘇州市貌。

在整個旅遊過程就像是被導遊驅趕的羊群，導遊不停地揮著手中的鞭子，羊兒連吃草甚至東張西望的機會都沒有，就被簇擁著趕到另一個地方。一個旅遊景點也只有一小時的時間，而導遊強行把遊客帶到了三個購物點，每個購物點都要停留一個小時，等遊客重新上了大巴車，導遊也遲遲不到，人們心裏明白，導遊在後面算賬收取回扣呢。無論如何抗議，導遊依然我行我素。一天的旅遊要在購物點停留將近一半時間。導遊代表著一個城市的形象，這些利慾薰心的導遊玷污了「天堂之城」的聖潔。

4月25日，星期日，晴

在火車上睡了一夜，幾天來的疲勞稍得緩解。七點半，火車到達泰山站。

蘇州之旅結束了，新的行程又將開始！

二〇一〇年四月二十至二十五日於蘇州、常熟途中

原載二〇一〇年第八期《時代文學》（山東）

滬上四日

庚寅盛夏，應滬上友人之邀，攜家人前往上海，看世博，訪名家，會師友，遊名勝，不亦樂乎。

八月十六日，早晨六點二十分，火車徐徐駛入上海站。搭計程車來到位於北京東路的新協通國際大酒店，這是一家五星級酒店，進進出出的都是老外。世博會期間上海酒店房間熱門，滬上友人提前預定了兩個房間1704和1706。樓層高，窗外景色一覽無遺，飯店左側是蘇州河，對面是黃浦江，還有上海標誌性建築——東方明珠電視塔。

在房間稍作休息，搭計程車去世博園，車子駛上盧浦大橋，司機指著橋下的大巴車說，這全是來看世博會的，現在每天也有三四十萬人，一些熱門國家館需要排隊六七個小時，還有一些館需要提前預約才能進去。

我們從七號門進入世博園區，先去了最近的泰國館，等了半天進去後，只看了幾個介紹泰國風情的短片，實在沒多大意思。後來，連續參觀了澳大利亞、馬來西亞、芬蘭、愛沙尼亞、西班牙、愛爾蘭、法國、英國和非洲聯合館等十個館，基本上都是光與電的結合，用高科技的手段來展現國家風情，也有些場館配有一些實物或圖片。一些國家館前還有本國的演出活動，在非洲聯合館中為非洲舞伴奏的鼓聲震耳欲聾。從英國館出來，兩位穿著誇張的英國女人來到我的跟前，嘰里呱啦說了一通，然後與我合影，也不知道她們是什麼意思。本想去中國館，但被告知，必須預約，只好放棄。世博園裏的食物、冷飲等價格高出外面的幾倍，一杯冰淇淋就要十八元。十個館轉下來，實在太累了。總之，不如想像中的好。來上海之前，就有朋友說，不去看世博後悔，去了更後悔。但世博會難得在中國舉辦，來這兒感受一下氣氛也是值得的。

回到賓館，書友金峰來訪，他住在上海奉賢區，收藏了一千二百多冊作家簽名本，出版了兩集《簽名本集萃》，我曾為他寫過一篇書評〈蠹魚的饕餮盛宴〉，收入第二集《簽名本集萃》中。金峰聊與袁鷹、黃宗江、黃宗英、王元化、何滿子、賈植芳等京滬兩地的文化老人交往過程。他與中國最長壽的作家章克標過從甚密，有時還到章的老家浙江海寧陪老人住一段時間，金峰在上海舉辦簽名本展覽時，百歲老人章克標專程趕去捧場。我告訴他，這次來上海還要拜訪一下李濟生、豐一吟等先生，金峰說：「明天我休息，我陪你去。」

九點鐘，袁繼宏兄來賓館聊讀書圈故事。他說：「你前段時間來就好了，沈昌文先生來上海了。」沈昌文曾任生活・讀書・新知三聯書店總經理兼《讀書》雜誌主編，退休後在海內外出版界奔走。他與上海陸公子——陸灝策劃了一套海豚文庫，由海豚出版社出版。海豚出版社掌門人俞曉群先生當年任遼寧教育出版社社長時，他們就合作推出了萬有文庫等一大批好書。他們的再次聯手一定會推出一批佳作，中國的出版人都像他們一樣敬業，中國的讀者就有福了。

八月十七日，來上海之前，給豐一吟先生發了訊息，告知十七號想去拜訪她，問她是否方便。豐先生馬上回訊息說：「歡迎！我在家的。你住定後，我告訴你我家怎麼走。」九點半，搭計程車接上在西藏路壽寧路口等我的金峰，一塊去看望豐先生。路上收到豐先生訊息：「你大概什麼時候過來？」我回覆：「半小時就到」。

進了豐先生的家，才知道她本來打算今天去看望她的大姐，因我的到來而改變計劃，讓我心裏很是不安。

客廳裏的兩個書櫥基本上都是豐子愷的書，書櫥頂上有一些帶有編號的紙包，我問：「那些帶編號的紙包是您的手稿嗎？」豐先生說：「不是，那些書原來在書櫥裏，後來，爸爸的書越來越多，書櫥被擠佔了，這些書只好都包了起來。」我問她：「您在《我的書房》一書中寫到的手槍柄書房就是這裏嗎？」豐先生說：「是的，我領你進去看看。」說著，推開了一間房門，裏面果然像她文章中描寫的那樣，有一個拐角，像手槍的把手。拐角處置一書桌，她就是在這一狹小的空間裏寫字作畫。房間裏掛著豐子愷書寫陶淵明的詩：「盛年不重來，一日難再晨。及時當勉勵，歲月不待人。」

豐先生在我帶去的《豐子愷自敘》、《護生書畫二集》和《豐子愷》上分別簽名蓋章，之後，又贈我一冊她的著作《我和爸爸豐子愷》。豐先生拿出豐子愷研究雜誌《楊柳風》，問我：「你有這份雜誌嗎？」我說：「第一期有了，第二期吳浩然主編已經給我寄了，還沒收到。」她說：「我再送你一套吧。」我請她在冊頁上題字，她說：「你自己想詞，不要讓我動腦子。」我找了幾個豐子愷書寫過的詩句，她都認為不合適，後來請她寫了「書是我們時代的生命」一句，下署「豐一吟　二〇一〇年八月十七日」，鈐「一吟八十後作」朱文印章，豐先生說她特別喜歡這枚印章。在和我們聊天的時候，她連續接了幾個電話，怕耽誤她時間，我們致謝告辭。

從豐宅出來，又去拜訪李濟生先生，李濟生是巴金的胞弟，今年九十四歲，但精神矍鑠，思維、語言、行動均很麻利。我們只有電話、書信往來而從未謀面。李老曾為我的《秋緣齋書事》題簽，去年我編《我的中學時代》一書向他約稿，他很快就寄來了〈中學生活斷憶〉一文，在文中寫道：「這也是在下為文中的『命題作文』之首例，實以情誼難卻耳。」我的到來李老顯得格外高興，忙讓女兒倒茶。聊了一會兒，隨請李老題字，李老說：「用毛筆寫吧。」接過冊頁進入他的書房兼臥室，我也跟了進去，見臥室裏有一個書櫥，兩張單人床和一張書桌。室內陳設極為簡單。老人打開冊頁，認真地寫下了：「有容乃大，無欲則剛。李濟生　歲庚寅　九四老朽」，鈐「李濟生」朱文印章。金峰說：「既然先生開筆了，也給我寫一幅吧。」李老裁紙寫了「有所為有所不為」。時近中午，我們匆匆告辭。

本來還想去拜訪黃裳和陳夢熊先生，但黃裳年齡大了，身體不好。陳夢熊也不能見客了，只好作罷。

吃過午飯，下起雨來，與金峰回酒店休息。三點多鐘雨稍小，搭計程車去瞻仰魯迅故居。魯迅故居在山陰路一個普通的宿舍院裏，三層小樓，一個很小的院子，隔壁是故居的管理部門，房間裏有一排書櫥，全是魯迅作品，買了一冊《上海魯迅故居》以作紀念。

魯迅在上海先後住過三個地方，他一九三三年搬到這兒，一直住到一九三六年他去世。一樓客廳裏有一張樣式別致的寫字臺，講解員說是瞿秋白寄存魯迅家的，後來瞿秋白去世，這張桌子就一直放在這了。二樓有一個放置雜物的儲藏室，裏面一間是魯迅的臥室兼工作室。三樓一間客房，一間周海嬰的臥室，牆上有一幅畫，上題「海嬰生後十六日像」，不知作者何許人也。故居很簡單，但在當年也是很時尚的住所。室內不讓拍照，在離開時，在門口打著雨傘拍了一張照片。

晚上，袁繼宏兄在我下榻的新協通國際大酒店設宴接風。陳子善先生、虎闈兄、靜安區文史館館長楊繼光，還有一位準備在上海辦展的武漢畫家出席了晚宴。本來韋泱兄也要來的，但是他父親病重住院，他在醫院照顧父親，讓虎闈兄轉達了他的問候。

子善先生說：「阿瀅是來為世博會做貢獻的，世博局應該宴請阿瀅。」我笑著說：「您就代替上海世博局請我吧。」他給我帶來了他編的《重讀張愛玲》和《徐志摩：年譜與評述》毛邊本，兩本書均為五十部毛邊編號本之廿六，子善先生分別簽名鈐印。

有子善先生的宴會一定不會冷場的，整個晚上幾乎都是在聽他講文壇掌故，他講張愛玲、章克標、沈從文、何滿子、董橋……許多鮮為人知的故事，讓人們聽的入迷。他說他當年參加了章克標的百歲婚禮，有記者問章克標：「章老，今天您高興嗎？」章說：「你們媒體比我還高興。」又有記者問：「章老，您對您的新夫人滿意嗎？」章說：「我找她一百年才找到，能不滿意嗎？」老人的回答充滿智慧，讓人忍俊不禁。

虎闈兄很少插話，總是默默地坐在那兒聽子善先生講話。我對他說：「你的博客上關於知青的系列文章很受歡迎，博客停了實在可惜呀。」他說：「開博客太浪費時間，朋友留言要一一回覆。但合適的時候還會重新打開的。」

晚宴結束後，我邀請子善先生在適當的時候去新泰做客。他說：「我再去濟南時，到你那兒看看。」

八月十八日，早晨，北京《圖書館報》記者孫莉薇發來訊息稱，她在做一個按需出版的選題，要對我進行採訪，並把採訪提綱發到了我的郵箱。我告訴她，我現在上海，等回去後馬上解答。她說這幾天就要等著定稿。好在兒子帶來了筆記本電腦，馬上打開把採訪提綱抄了下來，準備在旅途中看一下，晚上回賓館作答。孫記者發來了七個問題：

一、在您的眾多圖書作品中，有沒有是因為個人興趣或者是其他個人的原因出版的？若有，請舉例說明。

二、為什麼要選擇出書，這些書出版的主要用途是什麼？印刷數量大概有多少？

三、在出版這些書的時候，遇過哪些問題？是怎樣克服的？

四、您對這種個人需要或者興趣出書的行為如何看待？

五、未來有機會是否還會選擇這種出書方式？

六、請您簡單向讀者介紹一下您最近在臺灣出的書。也請談談選擇臺灣出書的原因？

七、臺灣的按需出版非常發達，您的作品是否也參與這種方式的出版？請談談這種出版方式的優劣？

在賓館用過早餐，繼宏兄派來的車子已在樓下等候，隨即驅車前往中國第一水鄉周莊遊覽。我去年曾去過周莊，因而，對周莊並不陌生。妻子和兒子、女兒看到典型的小橋流水人家的江南古鎮，異常興奮，四處拍照，對中國第一豪富沈萬三的沈廳更是讚歎不已。其實，在周莊看了小橋流水，看了沈廳足矣，其他地方大同小異。為了節省時間，看過沈廳之後，便從沈廳後門出了景區。

在周莊吃過午飯，驅車前往蘇州看拙政園。拙政園是一座著名的園林，與承德避暑山莊、蘇州留園、北京頤和園合稱中國四大名園，拙政園係四大名園之首。五月份來蘇州時，未遊拙政園，一直心存遺憾，儘管早已通過各種途徑對拙政園的景點、掌故、傳說瞭若指掌，但還是應該實地感受一下。天下起小雨，池塘中的荷葉在雨中不停地擺動，興奮地向客人招手，雨中遊園別有一番風趣。

枇杷園內有一座小亭——嘉實亭，取宋人黃庭堅「江梅有嘉實」詩意而名之。匾額為文徵明所題。亭南壁牆上有個很大的空窗，正好框住後面的青竹美石，使這幅立體風景畫呈現出最完美的構圖。兩側掛有一聯：「春秋多佳日，山水有清音」。雨越下越大，遂在亭中避雨，妻子和兒女仍舊冒雨遊園。欣賞了園中傳說是太平天國忠王李秀成所植的枇杷，突然想起了《圖書館報》的約稿，便拿出採訪提綱一一作答。在雨中遊園的空隙裏完成了功課。

回到上海時，袁繼宏兄已在名悅酒家安排好了房間。飯後，隨繼宏兄去參觀他的書房。客廳、書房、臥室、陽臺都有書櫥，而且書櫥中的書都是放了兩排，找本書都困難。繼宏兄說，還有許多書在樓下儲藏室裏。我們志趣相同，他的好多書我亦有藏。近幾年他還訂購了不少港臺圖書。在書櫥中發現有幾冊王稼句兄的早期作品，我打開見是稼句兄的簽名本，而且這些書都是送給一位僧人的，後流落舊書店被繼宏兄淘得。繼宏兄又請稼句兄簽名，稼句兄題了「和尚不讀書，書亦有緣」。

從繼宏兄的藏書可以看出他是一位唯美主義者，藏書品相幾乎都是十品，只要自己喜歡的書而且品相好，即使價格再高他也會毫不猶豫的下訂單。我曾發給他一套上中下三冊港版書的電子版，他讀後，四處查詢該書，最後以兩千元的價格購得。他的藏書讓我大開眼界，他自己還一個勁地說，沒有好書。其實，這些書都是令我眼饞的好書，只是沒有時間細看，即使每本書撫摸一遍也是一種幸福。

八月十九日，昨晚休息太晚，上午遲起。孟堯、孟嬌外出遊玩。我在房間整理外出行記。由於訂了晚上回程車票，中午退房，把行李寄存在酒店。和妻子崔美菊去魯迅公園參觀魯迅紀念館。

紀念館門側有一小亭子，上寫「免費領票處」，遊客在此領到門票後，再到紀念館檢票入內。魯迅紀念館既然不收費，還要多此一舉，難道是為了多安排一個人嗎？令人費解。

魯迅紀念館是一座兩層建築，一樓的「樹人堂」卻成了賣旅遊紀念品的商店，與其他旅遊商店不同的是，這兒所售產品都是玉石、瑪瑙之類，價格不菲，至於產品真假就無從得知了。「樹人堂」成了商店，倘若樹人先生有知，又會有寫作的話題了。

二樓是展廳，陳列著魯迅先生各時期的著作版本、手跡、照片等，還有一些發表魯迅作品的報刊原件及魯迅所扶持的文學社團所創辦的雜誌等，令人大飽眼福。其中，還有曾在拍賣會上拍出近三十萬的魯迅與周作人合作出版的《域外小說集》毛邊本。

展廳的一角有一內山書店，門外有內山完造的塑像，店裏大都是魯迅作品及研究魯迅著作，在這兒竟看到了許多師友的作品。有天津劉運峰的《魯海夜航》、《魯迅著作考辯》、長沙楊里昂和彭國梁主編的《跟魯迅評圖品畫》、《魯迅評點中國作家》、《魯迅評點外國作家》、西安武德運主編的《外國友人憶魯迅》、朱正先生編《魯迅書話》等。進入書店總不能空手，看到有龔明德老師的《文事談舊》，儘管秋緣齋有存，還是買了下來，另外，買了《上海魯迅紀念館》和一套五枚的「魯迅藏書票」

在研究魯迅著作展區，見到了姜德明先生著《活的魯迅》、高信著《魯迅筆名探索》，還有一種《魯迅書話》，黃中海、張能耿著，福建人民出版社出版，由於書被封在玻璃盒內，無法瞭解其內容與出版日期，估計與我在湖州發現的杭州文藝編輯部編的《魯迅書話》相似，為魯迅研究作品集，只是書名取的不妥。

到了上海自然要去文廟淘書，朋友說，文廟在週六、週日才有舊書攤，平時只有打八折的新書。看了幾家書店，一無所獲，失望至極。正準備離開，發現公路邊還有一家「上海舊書店」，看到書架上有《莎士比亞全集》精裝、簡裝各一套，問價格，店主說，精裝一千二百八十元，簡裝六百元。在書店僅容一人站立的過道中的書架上，發現了一本陳子善先生編的書《摩登上海——30年代的洋場百景》，郭建光繪，陳子善編。郭建光是三十年代畫家，曾主編《婦人畫報》，並為許多作家的作品集插圖。以半價購之。收穫此書，總算不虛此行了。

晚十點，乘坐T106次列車，踏上了返程，上海之行劃上了圓滿的句號。

二〇一〇年八月十六日至十九日於上海新協通國際大酒店

原載二〇一〇年五、六期《新泰文化》（山東）

晉、陝、豫三省行記

終於回家了！晚上八點多鐘。

妻子已做好飯菜，與女兒等我回家吃飯。

此次出行，訪書、訪友、訪名勝，歷時半月，途經山西、陝西、河南三省十三個縣市，收穫頗豐。

在路上就想，到家後倒頭就睡，把這段時間缺失的覺都補回來。

桌子上堆積了一大堆妻子每天帶回的各地師友及報刊社寄來的信件、書刊、報紙、匯款單……

電子郵箱爆滿。博客荒蕪。

連日奔波的疲勞似乎在進家的一瞬間得到了緩解。匆匆用過晚餐，開始拆閱郵件。

打開電腦，整理在各地寫下的行記。這段時日，離開了電腦，真有些不適應了，每天晚上只好艱難緩慢地筆耕。

再讀這些行記，各地的景象歷歷在目。

晉祠內，有一個與山東相同的傳說

出了太原車站，就失去了方向感，看車站廣場是坐南朝北，一會兒太陽出來，才知道方向正好反了。在車站附近的國防賓館住下，稍作休息，便乘坐三〇八路公交車前往晉祠。

晉祠是奉祀西周晉國第一代諸侯唐叔虞的祠堂，唐叔虞是周武王姬發之子，周成王姬誦之弟。唐叔虞為唐國諸侯，在治理唐國時期興修水利，發展農業，深受人們愛戴。去世後，人們為他建祠，稱之為唐叔虞祠。其子即位後，因治內有晉水，改國號為晉，唐叔虞祠也隨之改為晉祠。晉祠原為祭祀唐叔虞一人的專祠，隨著社會的發展，面貌不斷改觀，逐漸成為集儒、釋、道於一體的祭祀祠廟。

晉祠內有三絕、八景、三大國寶、三大鐫刻和三大名匾等景觀。長流不息的難老泉、形如臥龍的周柏和聖母殿內神態各異的宋塑侍女稱為「晉祠三絕」，聖母殿、獻殿和魚沼飛樑為「三大國寶建築」，唐碑、華嚴石經、柏月山房記稱為「三大鐫刻」，對越匾、難老泉匾和水鏡臺匾為「三大名匾」；八景又分內八景、外八景等，遍佈晉祠之中。

晉祠內無非是亭臺樓閣等古典建築，大同小異。我感興趣的是晉祠內有一座晉溪書院。明嘉靖年間，王瓊被貶官，其子在故鄉晉祠南買地興建了一處別墅，以王瓊的號取名為晉溪園。王瓊住進晉溪園，每日以吟詩、讀書消磨時光。後來，王瓊重新得到啟用，回京擔任吏部尚書，病逝於京師。其子奉遺命改晉溪園為晉溪書院。據史料記載，明清兩代來晉溪書院攻讀的學子甚多，除王家子弟外，還有該縣和鄰縣的生員。一九九二年，太原王氏海外聯誼會和泰國、新加坡等王氏宗親會集資聯合重修了晉溪書院，並在院內闢建了王氏祖祠——子喬祠，來晉祠遊覽的王氏族人無不進祠參拜。這樣一來，書院的書香氣也淡了許多。

有趣的是晉祠內的難老泉有一個與山東淄博市博山區的顏文薑祠同樣的傳說。難老泉位於晉祠內水母樓前，是晉水的主要源頭。難老泉水量豐足，天旱不減，雨澇不增，被譽為「晉陽第一泉」。傳說過去有個古唐村，是一個窮困的村莊，老百姓每天都要到幾十里以外的山溝裏挑水吃。村裏有一個叫柳春英的賢慧媳婦，不僅人長得俊秀，心地也特別善良，可偏遇上了個又凶又狠的婆婆，不論是酷暑嚴寒，還是颳風下雨，都逼春英去挑水，而且只用擔回的前桶水，不用後桶水。一日早晨，春英挑水歸來，路遇一白髮老者向她討水飲馬，春英慨然應允，然後再去山中挑水。如此一連三日，春英毫無厭煩之意，白髮老者說：「我是白衣大仙，久聞你賢慧善良，特來相試，果然名不虛傳。今贈你一條馬鞭，回家置於甕中，用水時只須提一下鞭子水甕即滿，但千萬不能將鞭子提出甕外。」春英接過鞭子剛要道謝，白衣大仙卻飄然不知去向。春英回家試了一下，果見滿滿一甕清水。她高興地告訴村裏人，讓他們到自己家裏挑水，從此古唐村的人再也不用跑幾十里山路挑水了。但婆婆大為不滿，怪春英多事，討厭人們每日從她家挑水；水甕裏的水永不枯竭，使得媳婦不再似從前辛苦。於是她心生一計，讓春英回娘家探親，春英臨走時再三叮囑，千萬不要將神鞭提出甕外。誰知春英走後，婆婆就將神鞭提出藏匿，沒想到水甕中大水洶湧奔瀉，瞬間就將古唐村淹沒。春英聽到消息回來時，村裏已是一片汪洋。春英不顧一切奮然一躍，坐在甕上，水流變緩，成為潺潺不息的難老泉，而春英從此再也沒有離開這個水甕。人們為紀念她，在她身邊蓋廟，尊她為水母娘娘。長流不息的難老泉水，灌溉著千萬畝良田。導遊說這兒的大米特別好吃，但是卻不能當作進貢的御米，因為這大米是用從婦女屁股下流出的水澆灌出來的，所以皇上不吃。

山東博山的顏文姜祠供奉的顏文姜也是這樣一位婦女，從那兒流出的水成為孝婦河的源頭。兩個完全相同的傳說，不知誰模仿了誰。

喬家大院，一個商界的神話

讀余秋雨的《抱愧山西》知道了山西有個喬家大院，看電視連續劇《喬家大院》知道了山西有個祁縣，祁縣在我的腦海裏只是一個符號而已，除了知道祁縣有個喬家大院之外，其他一無所知。

喬家大院並不在祁縣縣城，離太谷縣更近一些。從太原乘車到祁縣境內下車，經過了一個有許多叫賣山西老陳醋和一些山西特產的長長的商業街來到喬家大院。

喬家大院大門上方懸掛著藍底金字的「福種瑯嬛」匾額。八國聯軍進犯北京時，慈禧出逃西安，途徑山西曾在喬家大院住過，喬家捐資十萬兩白銀。山西巡撫受慈禧之命褒獎喬家，贈送了這塊牌匾。

喬家大院為全封閉式的城堡式建築群，分六個大院，二十個小院，三百多間房屋。大院三面臨街，不與周圍民居相連。週邊是封閉的磚牆，高十餘米，上層是女牆式的垛口，還有更樓，氣勢宏偉，威嚴高大。院內石雕、磚雕、木刻、彩繪隨處可見，素有「皇家有故宮，民宅看喬家」之說。

由張藝謀執導、鞏俐主演，在國際上獲得金獎的電影《大紅燈籠高高掛》就是在喬家大院拍攝的。據說張藝謀為了物色理想的場景，跑遍了大江南北，四川劉文彩的宅院、山西閻錫山的舊居都去過，最後選中了喬家大院。

院子裏有喬家從發跡到衰落的資料展室。祁縣喬家堡有一位衣不遮體的光棍漢喬貴發，為生活所迫，走西口到達包頭，與一秦姓老鄉結為異姓兄弟，兩人合夥做豆腐，逐漸發達。後來，又兼營當鋪、錢莊、估衣鋪等，成為包頭頗具實力的商人。到了喬貴發孫子喬致庸時期，喬家生意達到頂峰。喬家結交官方，與李鴻章、孔祥熙等均有交往。喬致庸與左宗棠的關係更為密切，陝甘總督左宗棠在平定西北時，所需軍費全部由喬家票號存取匯兌，左宗棠財力出現困難時，曾向喬家票號借支。因而左宗棠對喬家特別賞識，在他平定西北回京時，曾繞道去拜訪喬家，並為喬家即興揮毫書寫門聯，「損人欲收復天理，蓄道德而能文章」。

清光緒十年，喬家開設了大德恒、大德通兩個票號。後來，這兩家票號都在全國各地佔有二十多個「碼頭」，西起蘭州、西安、東至南京、上海、杭州，南到廣州，北到張家口、呼和浩特和包頭，東北到瀋陽、哈爾濱等都有他們的分號，號稱「匯通天下」。主要經營匯兌、存款、放貸、發行票據和代辦捐項等業務，成為全國票號中的佼佼者。民國初年是喬家的極盛時期，在全國的票號、錢莊、當鋪、茶莊、糖店等商業字號大小有二百多處。後來，官商銀行出現，票號被取而代之，喬家的生意每況愈下。日偽時期，喬家的生意大都被日本霸佔，雖還有糧店、麵鋪、油坊等生意，但只是苟延殘喘而已，一九五一年停業，歷時二百餘年的喬家生意終於關門。

日軍佔領祁縣時，喬家到天主教堂求助，由於神父多次受惠於喬家，就在喬家大門懸掛了義大利國旗，日軍認為這是盟國所在，就不敢騷擾了，整個喬家堡也減少了災難。因而喬家大院得以完整的保存下來。

三號院裏，衝著大門有一個知足閣，閣內是喬家家訓。遊客到了這裏自然會有一番感悟。

喬致庸不但完成了匯通天下的理想，成為中國巨富。在他去世多年之後，仍惠及後人。喬家大院的門票四十元，每天來自世界各地的遊客達數萬人，拉動了整個祁縣的經濟。當地政府真該追授喬致庸一個名譽縣長的稱號了。

平遙古城，歷史在這裏定格

從喬家大院出來，打車直奔平遙，在北城門附近賓館放下行李後，便去遊覽有「華夏第一古城」之稱的平遙，北城門前豎有朱鎔基和江澤民題寫的「平遙古城」兩個石碑。

平遙古城是一座具有兩千七百多年歷史的文化名城，與四川閬中、雲南麗江、安徽歙縣並稱為「保存最為完好的四大古城」。平遙城牆建於明洪武三年，城牆形如龜狀，城門六座，南北各一，東西各二。城池南門為龜頭，門外兩眼水井象徵龜的雙目。北城門為龜尾，是全城的最低處，城內所有積水都要經此流出。城池東西四座甕城，雙雙相對，上西門、下西門、上東門的甕城城門均向南開，形似龜爪前伸。唯下東門甕城的外城門徑直向東開，據說是造城時恐怕烏龜爬走，將其左腿拉直，拴在距城二十里的麓臺上。城牆上還有七十二個觀敵樓，三千個垛口，寓意為孔子三千弟子、七十二賢人。

我們乘坐電瓶遊覽車進入古城，導遊介紹，城內外有各類遺址、古建築三百多處，明清民宅四千餘座，街道商鋪都體現歷史原貌，是研究中國古代城市的活樣本。縣城的辦公場所均在古城之外。

我們首先來到古城西大街南側的中國第一家票號日升昌票號舊址，導遊給我們介紹票號匯兌銀票時的各種防偽措施以及票號的興衰史。日升昌票號是一座三進式穿堂樓院，以前是顏料莊，清道光三年改為專營匯兌業務的票號，鼎盛時期，在全國設有三十五處分號，是當今銀行的鼻祖。十九世紀四十年代，它的業務擴展到日本、新加坡、俄羅斯等國。在日升昌票號的帶動下，平遙的票號業發展迅猛，鼎盛時期這裏的票號竟多達二十二家，平遙一度成為中國金融業的中心。

從日升昌出來，天下起小雨，冒雨來到平遙縣衙。我說：「都說是衙門口朝南開，這兒的衙門怎麼朝西？」導遊說：「哪裡是朝西，就是朝南嘛。」遊覽車在古城的小巷子裏轉來轉去，轉得我又失去了方向感。

進入縣衙大門，兩側是磚窯，分別是禮、吏、戶、兵、刑、工房，麻雀雖小五臟俱全。後面依次大堂、二堂、內宅、牢獄等等。在衙門裏轉了一圈後，正好趕上為遊客表演「升堂斷案」的節目。「縣官」審理了一個屠夫狀告捕快搶錢的案子，屠夫說捕快搶了他的錢，捕快否認，但沒有人證。縣官聞了一下捕快身上的錢袋，讓師爺拿來一個銅盆，注入清水，把錢袋裏的銅錢放入水中，水中浮起了油花，是屠夫的油手摸錢所致，便把捕快押入大牢，錢袋斷於屠夫。表演過程中穿插了現代語言，不時引得遊客哈哈大笑。笑過之後，又想，如果天下官員皆如此公正，那真是一個美好的世界了。

冒著小雨，又看了二郎廟、中國鏢局博物館……

在明清古街兩側都是各種店鋪，導遊一個勁地遊說我們購買平遙漆器，但我們的興趣不是購物，看到可折疊的木製果盤很好，買了一個以作紀念。

雨越下越大，我們沒有任何防雨工具，只能任雨飄灑，我不禁哼唱起一首老歌：有句話兒語呀，就是關於小雨，輕輕地唱你作的曲，漫步在小雨裏……

在被歷史定格的古城裏，哼著小曲，雨中漫步，真是別有一番情趣。

儘管衣服已經被雨淋透了，心裏仍然興奮著。

大槐樹，蘊藏著幾代人的尋根夢想

「問我老家在何處，山西洪洞大槐樹。祖先故里叫什麼，大槐樹下老鸛窩。」這是一個婦孺皆知的歌謠。

元末明初，由於連年戰亂和瘟疫，河北、河南、山東、安徽、江蘇、湖北、陝西、甘肅等許多地方人煙稀少，而山西則人口稠密，官府決定向中原移民，便在洪洞縣廣濟寺設移民局，在寺前的大槐樹下辦理移民手續。官府怕移民途中逃跑，把移民用一根長繩連接起來，押解上路。故土難離，人們不願離開故鄉，一步一回頭，走遠了，回頭只能看到大槐樹上的老鸛窩，因而記憶特別深刻，為此，大槐樹和老鸛窩就成為移民惜別家鄉的標誌。有人乾脆說自己是山西洪洞縣老鸛窩人氏。

人們在大遷徙的過程中還養成了一些習慣，並產生了新的語言。據說當時官兵為了辨別移民身份，用刀在每個移民的小趾甲上切一刀為記，至今凡大槐樹移民後裔的小趾甲都是兩瓣的。由於雙手反綁在身後一路走來，慢慢成為習慣，至今仍有許多人喜歡倒背著手走路。在行走的過程中有人需要方便，就說：「老爺，請解手，我要方便。」時間長了就簡單化了：「老爺，我解手」。慢慢的解手成了大小便的代名詞，一直沿用至今。

洪洞縣大槐樹尋根祭祖園大門口有一個大型的槐根雕塑大門，造型古老滄桑、偉岸厚重。影壁上是書畫家張仃先生書寫的一個大大的隸體「根」字，寓意深邃，飽含桑梓之情，思鄉之意，成為大槐樹尋根祭祖園的主要標誌之一。

明初移民時的大槐樹距今已有一千八百年的歷史，在清順治八年汾河發大水時被洪水沖毀。民國三年，為了使外遷移民有歸鄉祭奠之所，人們修建了第一代大槐樹遺址，並刻立石碑以記其事。由第一代古大槐樹滋生的第二代大槐樹，距今也有近四百年，現已枯死，樹幹經過鋼筋鐵箍加固，依然矗立在那兒。與第二代大槐樹緊挨著的第三代大槐樹是第二代大槐樹所蔭生，也有近百年樹齡，仍枝繁葉茂，煥發出勃勃生機。兩棵大槐樹被前來朝拜的移民後裔繫滿了祈福的紅絲帶，遠遠望去像是兩位身著紅裝的壽星在接受眾人的參拜。

建築恢弘的祭祖堂是仿明代建築，坐北朝南，高大宏偉，莊嚴肅穆，有宮殿般的氣派，是整個祭祖園的核心，也是來洪洞縣參拜祖先必去的地方。堂前置露天銅鼎香爐，堂內設一千多個移民先祖姓氏牌位，是全國最大的百家姓祠堂，是天下民祭第一堂，遂在本族祖先的牌位前上香祭拜。

祭祖堂右側為休息室，左側有各個姓氏先祖銅像及各個姓氏族譜，這種族譜只是在前面介紹了各個姓氏的起源，中間是印好的空格，可供沒有家譜的人帶回去自己填寫。在這兒請回了郭氏始祖虢叔像，了卻了多年來的一個心願。

蘇三監獄，演繹著一幕淒美的故事

在大槐樹尋根園的魁星樓前休息時，接到了雲南作家馬曠源兄的問候電話，得知我在山西洪洞縣時，他笑著說：「小心吶，洪洞縣裏沒好人！」這話原自名妓蘇三的抱怨，我來洪洞縣的另一個目的也是為了看看「蘇三」呢。

蘇三是一個傳奇人物，本姓周，明代山西大同府人，自幼父母雙亡，後被拐賣到北京妓院，改名蘇三，花名「玉堂春」。與官宦子弟王景隆一見鍾情，王景隆錢花光之後，被鴇兒趕出妓院，蘇三暗中送他回鄉盤纏，王景隆離京歸裏後，發奮讀書，考中進士。在王景隆返家之際，蘇三被鴇兒賣給山西洪洞馬販子沈燕林為妾。沈燕林長期經商在外，其妻皮氏與鄰里趙昂私通。沈燕林帶蘇三回到洪洞，皮氏頓生歹心，與趙昂合謀毒死沈燕林，誣陷蘇三。洪洞知縣受賄後，對蘇三嚴刑逼供，蘇三受刑不過，只得忍屈畫押，被判死刑，監於死牢。適值王景隆升任山西巡按，便密訪洪洞縣，探知蘇三冤獄案情，即令火速押解蘇三案件全部人員至太原。王景隆為避親審惹嫌，遂託劉推官代為審理。蘇三奇冤得以昭雪，真正罪犯伏法，蘇三和王景隆終成眷屬。明代小說家馮夢龍寫了〈玉堂春落難逢夫〉，收入《警世通言》後，蘇三之名便流傳於世。隨著京劇《蘇三起解》的傳播，蘇三的故事更是家喻戶曉。

蘇三監獄是我國僅存的一座完整的明代監獄，因曾關押過蘇三，而被更名為蘇三監獄，也是唯一一座用犯人名字命名的監獄。這座監獄始建於明洪武二年，距今六百多年。監獄由過廳、普監和死牢三部分組成。右邊的院落是普通監牢，中間是過道，兩邊有監牢十餘間，每間牢房不足十平方，其中有個小土炕，門窗小而堅實，過道頂上布有鐵絲網，網上掛有銅鈴，若有犯人企圖越牆逃跑，便會觸響銅鈴。這也是「一一〇」的由來。在平遙的日升昌票號院子裏也見到了這種網上鈴鐺。過道的盡頭，是獄卒值班室。右面的牆半腰有一個嵌入牆體的神龕，那便是傳說中的獄神廟。神龕中有三尊磚刻的神像。中間坐著的是獄神，形象為老者，面色和善。獄神旁邊站著的是小鬼。其中供奉的獄神是洪洞老鄉——虞舜時期的大臣皋陶，他是當時最高法官，他制定了中國最早的法典，史載：「皋陶造獄，法律存也。」過去監獄裏有條規定，允許犯人每天去參拜獄神。浙江作家張建智寫過一本關於中國獄神廟的書，寫作前曾專門來到這裏參觀研究。

獄神廟下面的牆基處有一小洞，是一個出口，犯人在獄中病死或是被打死，不能從大門抬出去，只能從這個小洞拉出去。

對著獄神廟的是死囚牢門，牢門上方有狴犴頭像。狴犴是中國古代傳說中的兇猛動物，傳說龍的四子，名叫狴犴，「形似虎，有威力，平生好訟，故立於獄門旁。」明朝常把它的頭像畫在監獄門上，因此它也作為監獄的代稱。由於它像虎，後來的人便誤認為是虎頭，以訛傳訛，死囚牢被稱作了虎頭牢。蘇三就關押在裏面，虎頭牢裏院子中間有一眼水井和石槽，為了防止死囚投井自殺，井口直徑只有三十公分左右，井口留有一道道繩索磨下的印記。因蘇三曾使用此井，而被稱為蘇三井。導遊說，監獄圍牆厚達一米八，中間灌沙，如果犯人挖牆逃跑，也會被流沙埋沒。我們進去時，正巧遇到中央電視臺中國名城攝製組在拍攝電視片。

監獄的蠟像館裏的幾組蠟像，講述了蘇三與才子王景隆相愛、蘇三被誣陷、最終獲救以及與情人終成眷屬的淒美故事。這種大團圓的結局總是出現在戲劇裏，現實生活中會有這麼圓滿的結局嗎？

關公故里，天下第一關帝廟

運城市有兩大引人注目之處，一是這兒有一個，被稱之為中國死海的鹽湖，從前生產食用鹽，現在只做工業用鹽。另一個便是關公故里。運城火車站廣場關公雕塑底座上有薄一波題寫的「關公故里」幾個大字。

孔子是中國的文聖人，關公則被尊為武聖人。

關羽的老家位於運城市西南十一公里的常平鄉常平村。常平的關帝廟是關帝祖祠，俗稱關羽家廟，關帝祖祠始建於隋初，到了金代始成廟宇，廟宇不斷擴建，自明嘉靖三十四年以來，整修增建達十六次之多，現存的建築多係清代遺構。儀門東南方有一座八角七層磚塔。看說明得知塔下原為一口水井，因當年關羽為民除害，殺了惡霸，官府四處緝拿，又派兵誅滅九族。

關羽父母年邁，行逃不便，為免關羽在外牽掛，雙雙跳井自盡，後人為紀念關羽父母，在井上建塔祭拜。據塔銘載，此塔創建於東漢中平元年，重建於金大定十七年，實為父因子貴矣。

拜過關公，我們又驅車去距關帝祖祠十公里處的解州關帝廟，這座關帝廟是全國規模最大的關帝廟，總占地面積有七萬餘平方米，可謂天下第一關帝廟。廟宇坐北向南，沿南北向中軸線，分四大部分有序展開，中軸線的南端為「結義園」，為紀念劉、關、張桃園結義而建。園內古木參天，山水相依，並建有結義坊、君子亭、三義閣等主體建築。中軸線北端的主廟，由琉璃龍壁、端門、午門、御書樓、崇寧殿、刀樓、印樓、春秋樓和眾多牌坊組成，是進行關公祭祀活動的主要場所。主廟內的主體建築，規模宏大，氣勢非凡，雕樑畫棟，莊嚴肅穆。中軸線兩側，分別建有「萬代瞻仰」的石牌坊一座，和「威震華夏」木牌坊一座。廟內另有追風伯祠、長壽宮、崇聖祠等。

關公的影響不僅在中國，而且延伸到了日本、美國、泰國、英國、朝鮮等國家，對關羽的膜拜之風也歷歷不衰。歷代帝王都把關羽當做忠義的化身，逐級加封，慢慢的被尊稱為「武王」、「武聖人」，與孔子並肩而立。後來也將他變成武財神。

從關帝廟出來，購買一尊關公持刀站立石像作紀念。見有「關公夜讀春秋」石像，更加喜愛，一併請回家。當年曹操為了降服關公，將關羽和劉備的二位美妾同關一室，以圖毀壞聲譽，以絕其回漢之念。關公不為所動，秉燭奮讀《春秋》，曹操隔牆側耳竊聽，輕聲歎道：「關雲長乃真英雄也！」以後書齋裏將由關公陪我夜讀了。

三門峽，黃河沖出一個成語

河南三門峽市與山西運城市搭界，過了黃河就是河南地界。到達三門峽後，便打車去有「萬里黃河第一壩」之稱的三門峽黃河大壩參觀。傳說大禹治水時，劈開「人門」、「神門」、「鬼門」三道洩洪之門，三門峽因而得名。

壩下的水不多，大壩的洩洪口只打開了很小的一點。也不見三門在何處，問計程車司機，她也不清楚。正好有三門峽水電站的一位職工走過，問他，為什麼叫「人門」、「神門」、「鬼門」。他說，過去黃河裏有航船，現在兩岸仍有當年縴夫走過的痕跡。三門峽水流湍急，航船從人門經過比較安全，走神門比較危險，若是從鬼門經過就會有船翻人亡的可能。我問，三門現在何處？他說，修築了三門峽大壩後，就把三門壓在壩底了。怪不得看不到三門了呢。

大壩下游幾十米處有一凸起的小山，說它是山似乎有些牽強，因為它充其量也只有八九米高，與花園中的假山差不多，山雖不大但卻有名，它叫砥柱山，黃河上的艄公又叫它「朝我來」，孤零零地立於黃河之中，正對著黃河三門，兇猛的河水奪門而出，然後抱柱而過，這裏回流激蕩，十分險惡，當上游的船隻駛過三門後，眼看就要撞上砥柱山，然而砥柱山的回水正好把船隻推向旁邊的安全航道，順利駛過。成語「中流砥柱」源出於此。

當年，唐太宗李世民在這裏寫下了「仰臨砥柱，北望龍門，茫茫禹跡，浩浩長春」的詩句。書法家柳公權也曾為它寫過一首詩，其中有「孤峰浮水面，一柱釘波心。頂住三門險，根連九曲深。柱天形突兀，逐浪素浮沉。」等佳句。

當年兇猛的河水被大壩攔住，只能乖乖的從壩底的洩洪口流出，過三門的兇險之象已不復存在。砥柱山也成為一道景觀。

西安，秋夜訪高信

去西安本不在我的出行計畫之內，在山西運城一家賓館休息時，猛然想起，這兒離西安很近了，乾脆到西安去吧。吸引我到西安去的不僅僅是秦始皇的兵馬俑、楊貴妃的華清池，而是在西安有高信、崔文川、呂浩等氣味相投的師友。

在海濱飯店住下後，便與高信先生聯繫，約好晚上去他家拜訪。由於沒有來西安的準備，也沒有給高信先生帶書，只給他帶去了我主編的《新泰文史》和《泰山書院》兩本雜誌。

打車來到天壇路，卻發現進入了一條擁擠的小胡同。胡同口兩側都是各類小商店，往裏越走越黑，到處是拆遷的建築垃圾，出版社的家屬大院能在這裏嗎，正在懷疑，接到了高信先生的電話，確定天壇路就是這條胡同，他已在出版社宿舍大門等候。計程車大約行進了一公里，看到路邊一個高高的身影在打招呼，原來在高信書中見過他的照片，可以斷定他就是高信先生。

跟著高信先生上了四樓，他的寓所有一百三十多平方，與許多愛書人一樣，進入客廳迎面是一面書牆，藏書琳琅。書房門口前還有一個小型書架，放的全是魯迅研究月刊合訂本和工具書。牆上掛著華君武先生贈高信的漫畫作品，那是一九七八年高信拜訪華君武時為高信畫的《永不走路永不摔跤》，長篇的題跋包在畫的四周，別具一格。版畫家趙延年俞啟慧先生的原版木刻也懸掛壁上。漫畫版畫，都是高信先生研究的領域。

與高信先生是初次見面，彼此都沒有一點生疏的感覺，高信夫人端來香茗，說：「你來之前，我剛看了你的照片。」

高信先生原供職於陝西人民出版社，係中國作家協會會員，陝西魯迅研究會會長，三秦文化研究會副會長，出版社編審，曾出版《魯迅筆名探索》、《品書人語》、《長安書聲》等十多種著作。退休後，專心治學，成果更豐。

聊及去年，他給我寫信問寄的書收到沒有，我才知道他曾給我寄了兩次書，但均未收到。各地師友的贈書贈刊時常被郵局丟失，長沙《書人》編輯蕭金鑒封了我一個「丟書專業戶」的稱號，對於郵政服務之差，我多次撰文痛批，但不起任何作用。談到郵局丟書，他既深惡痛絕，又無可奈何。去年，他曾給南方一個書友平寄了一本書，寄丟了。他較上了勁，再次用掛號寄去，對方還沒有收到，高信就到郵局去查，知道對方的門衛已作了簽收，於是高信寫信把簽收人姓名告訴對方，請他去追問一下，然而對方卻再也沒了任何消息，高信先生自嘲說，您看看，這不是自作多情麼！

在客廳裏聊了一會兒書界訊息，高信把我讓到了他的書房，牆上有唐弢先生贈高信的墨寶：「平生不羨黃金屋，燈下窗前長自足。購得清河一卷書，古人與我話衷曲。」還有胡適手跡複印件兩件：「做學問要在不疑處有疑，待人要在有疑處無疑。」另一幅：「要怎麼收穫，先那麼栽。」一坐在書桌前，一抬頭就能看到，這應該是高信先生崇奉的待人治學的座右銘了。

高信先生拿出他的兩部著作贈我，一是去年出版的書話作品集《書房寫意》（二〇〇九年三月上海遠東版），另一本是《民國書衣掠影》（二〇一〇年八月上海遠東版）。《民國書衣掠影》也是他新近出版的一部書話集，銅版紙彩印。銅版紙印書有點像畫冊，反倒不如輕型紙效果好。高信也有同感，他說，這樣成本也高了。我請他簽名，他在《民國書衣掠影》上題曰：「阿瀅先生視察陝西，來訪留念」，在《書房寫意》扉頁題道：「阿瀅來陝視察留念」，兩書皆鈐「高信敬贈」朱文印章。這枚印章是西泠印社郁重今一九七七年所治，當時，高信寫了本《魯迅筆名探索》，出版前看到榮寶齋出版的郁重今篆刻的《魯迅筆名印譜》大為高興，給郁重今寫信，希望能從中選一些郁刻魯迅筆名插入《魯迅筆名探索》一書中，並順便提出求印請求。不久，郁重今回信同意選錄他的篆刻作品，並給高信寄來了「高信」白文印章和「高信敬贈」朱文印章各一方。此後，這枚印章便時常出現在高信先生的贈書上。

我坐在他的電腦桌前翻閱這兩本書，高信先生拿出相機給我拍攝了讀書的照片，並馬上在電腦上做了調整，我說：「在您的書房裏拍照真是榮幸，您書房叫什麼名字？」他說：

「就是個書房。不是齋，所以沒有齋名，是無名齋。」我說：「姜德明先生的書房也沒有齋名，無名齋就是最大的齋名。」高信先生趕快認真地說：「不敢，不敢這樣說，姜先生是前輩，是大家，怎敢和姜先生比附啊！」

我起身告辭時，高信夫妻執意要送我到大路上，他家離大路不近，到了出版社家屬院大門口，我堅持不讓再送，這才握手道別。帶著高信先生的贈書，心想，這一路有高信先生的著作相伴，不會寂寞了。

古都高士，崔文川和他的朋友們

我對崔文川說：「你是一位在讀書圈、書畫圈、火花圈、藏書票圈等多個圈子遊走的人。」他頗為贊同我的說法，他說：「我到每個圈子門口只是撩開門簾看一下，並不進去。」

崔文川供職於陝西省畫院，擔任《藝術畫刊》主編，因而跟全國書畫界人士都很熟悉；早年他曾收藏了幾十萬枚火花，在火花收藏界也是鼎鼎大名；他還熱衷於藏書票的收藏與製作，曾為很多名家設計過藏書票，並主辦過一份《東方藏書票》雜誌。還為我設計了兩枚藏書票。我主編的《泰山書院》雜誌封面設計一直不理想，第四期出版前，我給文川發訊息請他幫忙，他很快就把設計好的封面發了過來。為雜誌增添了靚色。

與他交往多年卻一直緣慳一面，二〇〇九年五月全國圖書博覽會在濟南召開的前一天，他來到了濟南，與伍立楊等人在自牧處打電話約我過去。我當天有事，第二天過去時，他卻走了。這次出行臨時改變計畫，也是為了與文川兄見見面。

在小雁塔附近的海濱飯店住下後，崔文川與陶藝家李紅兵來賓館接我去陝西畫院崔文川的工作室——文川書坊。工作臺後一排書櫥，大部分是有關美術的書籍，書案左側壁櫥裏的書摞得滿滿的，找本書都困難，我打開櫥門瀏覽他的藏書，文川說：「你隨便拿。」我說：「越是這樣說，就越不能拿了。把你設計的藏書票給我找一些吧。」文川從另一個櫥子裏拿出了一包藏書票，讓我自己挑選。這些藏書票都是他為各地的作家、藏書家設計的。其中有流沙河、陳忠實、王稼句、陳子善、徐雁、張放、龔明德、馮傳友等書界名家。崔文川在我挑出的藏書票上用鉛筆一一簽名。又給我找出了一些他設計的書簽。

中午，文川帶我們到東郊的一間樓去吃陝西名吃——羊肉泡饃。文川說，這兒是西安最正宗的羊肉泡饃。我在運城吃過羊肉泡饃，但沒有這種味道。文川約來西安藏書家李欣宇陪我們一塊吃飯。李新宇給我帶了兩本書《趣味藏書》（二〇一〇年四月科學普及版）和《西安舊事》（二〇〇九年五月西安版）。《趣味藏書》是李新宇的新著，他還出版有《趣味連環畫》一書；《西安舊事》，宗鳴安著，書中附有大量的老照片，是一部西安地方史料著作，由李新宇策劃出版。

午飯後，陶藝家李紅兵帶我們來到他的半坡陶坊，他曾在半坡遺址博物館工作，後來自己創辦了這家陶坊。主要生產藝術瓷器，自己設計、燒製，面向高端，每件藝術瓷器的價位都在幾千甚至上萬元。車間裏工人們都在緊張地忙碌著，陳列架上擺著兵俑、觀音、佛頭等瓷器坯子。李紅兵送我兩隻仿宮廷用品的陶瓷蓮花杯。

我們一行在崔文川、李紅兵的陪同下參觀了半坡遺址博物館。從大慈恩寺出來，崔文川又帶我們去萬邦書城喝茶。萬邦書城是西安有名的民營書店，策劃出版了許多書籍，在西安有五個連鎖店。一樓專門為崔文川開了一間「文川書坊」，其中有文川的藏書票出售，每枚藏書票售價二百元左右。我對文川說，如果知道藏書票價格這麼高，就不拿你那麼多的藏書票了。文川說，沒事的，都是自己做的。

晚上，崔文川設宴為我接風。他約來了西安藏書家韓效祖和王貴強作陪。韓效祖是一家印刷企業的老總，藏書三萬餘冊。他給我帶來了由他印製的《方寸映三秦——郵票上的陝西》（二〇〇九年十二月三秦版）和《雨中漫步》（二〇一〇年九月太白文藝版）相贈。王貴強供職於一家企業，藏書萬餘冊，以西安地方史料和陝西籍作家作品為主。

第二天，我們去華清池、秦始皇兵馬俑博物館等地遊覽。第三天，剛吃過早飯，崔文川來約我去愛書店喝茶，無法拒絕文川的盛情，只好跟他去了愛書店。這家書店也是萬邦書城的連鎖店，書店內有吧台及供讀者休息的桌椅，還有幾個單間。文川帶我進了其中的一間，室內有一雕刻精美的架子床，上有一矮桌，床前木案上擺著一隻鐵製老油燈，木案兩邊各放兩把古老圈椅，牆角處一櫥，上有牛皮箱。文川說，室內的傢俱都是從文物市場淘來的老東西。服務員送來了兩杯香茗。文川說：「你下午在這兒搞一次講座吧。」沒有準備，怎麼能搞講座呢，趕忙推辭：「下次吧，以後會再來西安的。」聊了一會兒，文川要去接送女兒，讓我自己在這兒看書等他。愛書店張經理送給我一冊書店自己印製的週曆筆記本，其中一面是萬邦書店的圖片介紹。我拿了一本美國漢學家比爾・波特的新書《禪的行囊》，一邊喝茶，一邊讀書。

一會兒，西安劇作家王蘊茹女士進來了，服務員又給她送上一杯茶，她是文川的朋友，原在西安一家媒體做記者，後來辭職，專事劇本的創作。文川安頓好孩子回來後，又約了一位女編輯，連同愛書店的張經理到愛書店對面一家川菜館吃飯。

晚上，文川來電話約我出去吃飯，我不想再麻煩他，就說有事出去了，不在賓館。知道我第二天一早就要離開西安了，晚飯後，文川來賓館告別，還帶來了他主編的《藝術畫刊》和《東方藏書票》雜誌。

在古都西安，認識了幾位愛書的朋友，得到了許多贈書，真是不虛此行了。

長安遺韻，半坡遺址、慈恩寺、華清池、兵馬俑……

半坡遺址是黃河流域一座比較完整，比較典型的母系氏族公社和村落遺址，距今六千年左右。遺址現存面積約五萬平方米，分為居住區、製陶區和墓葬區。

今年春天我在山東莒縣博物館中看到許多大汶口文化時期的尖底甕，當時不知是何物，後來看到中央十台的探索發現欄目播出的節目才知道那是用來盛放嬰兒屍體的。在半坡遺址博物館內有許多這樣的甕棺葬，嬰兒去世後放在一個底尖口闊的瓦甕裏，上面扣上瓦盆，此乃甕棺。只是這兒的甕棺是瓦甕沒有大汶口文化的陶瓷甕棺高檔。

從半坡遺址博物館出來，又去了舉世聞名的佛教寺院大慈恩寺，該寺創建於唐貞觀二十二年。唐高宗為太子時，為紀念其亡母文德皇后，報答慈母的養育恩德而建造此寺，故名「慈恩寺」。大慈恩寺是唐長安城內最著名、最宏麗的佛寺。唐三藏——玄奘曾在這裏主持寺務，寺內的大雁塔就是他親自督造的。因此大慈恩寺在中國佛教史上具有十分突出的地位，一直受到國內外的重視。大慈恩寺內一塵不染，院子裏一絲亂草也沒有，給人整潔利索之感。大殿前鋪著紅地毯，上面放滿了座椅，還有一個樂團正在為第二天重陽節的一個佛事活動排練。這兒與西安的其他景區一樣，人滿為患，真不知道在這種環境裏和尚是如何靜修的。

華清池因唐玄宗與楊貴妃在此鴛鴦浴而聞名，楊貴妃洗澡的地方叫無霜殿，在大雪紛飛的日子裏，室內溫泉水熱氣騰騰，因而房頂無法落霜。當年安祿山也看中了楊貴妃的美貌，因得不到她而造反，毀掉了無霜殿。現在的無霜殿為日後重建。慈禧太后在西安避難時也曾下榻華清池，在此沐浴。後來張學良與楊虎城發動了舉世聞名的西安事變，在這兒捉住了蔣介石，胡宗南在此刻碑「總統蒙難處」，解放後被人們改為「捉蔣亭」，為了緩和與臺灣的關係，現又改成一個比較中和的名字「兵諫亭」。

華清池中有一個打扮妖豔的女子扮作楊貴妃，招攬遊客與之合影，每人收費十元。在太原晉祠裏騎駱駝拍照只收五元，顯然這個「楊貴妃」比駱駝貴了些。半天也沒見有人與她合影，或許人們都看不上這蹩腳的「豆腐西施」吧。

秦始皇兵馬俑被譽為「世界第八大奇跡」，「二十世紀考古史上的偉大發現之一」。兵馬俑坑在秦始皇陵東側約一點五公里處，現已發現一、二、三號三個坑。一號坑是當地農民打井時發現的，後經鑽探先後發現二、三號坑。一號坑規模最大，呈長方形，是一個以戰車和步兵相間的主力軍陣。二、三號坑還有沒有發掘完。在一號坑的後面是工作人員修復兵馬俑的地方，像是一個野戰醫院，許多兵馬俑的身上、腿上都抹著白灰，接受工作人員的「治療」。

三號坑側有一個秦陵銅車馬展，一九八〇年在秦始皇陵西側發掘了兩乘大型彩繪銅車。經修復後對外展出。是我國出土文物中時代最早，駕具最全，級別最高，製作最精的青銅器珍品，也是世界考古發現的最大青銅器。

秦始皇兵馬俑博物館裏的遊客摩肩接踵，想單獨拍照都困難，遊客中老外占了很大的比重。到西安看秦始皇兵馬俑是多年來的一個願望，今日夙願已償，大飽眼福。

西安有三寶，石榴、柿子、藍田玉。兵馬俑博物館前到處是賣石榴和柿子的，那柿子紅的晶瑩剔透，很是誘人，從博物館出來，買了一籃柿子，細細品嚐了一番。

西安一怪，搭計程車不如公交快

在去西安的路上，崔文川發訊息說，在小雁塔附近住宿比較方便。下了火車就去搭計程車，司機都說到了交班時間，不肯去小雁塔。等了四十分鐘總算搭上計程車。司機說，西安的計程車分兩班，白班是早晨七點至下午四點，夜班是下午四點到第二天早晨七點。我們下車時正好是交班時間，因而無法搭車。

一路上不斷堵車，司機抱怨說：「西安有二百多萬輛車，而且每年還在增加，可是道路卻是十年前的路。有些該報廢的車輛也在大街上跑著。」我們從三門峽乘坐動車到西安才用了一個多小時，從火車站到小雁塔短短的一段路也用了近一個小時。司機說，如果不塞車的話也就十來分鐘的路。

西安的朋友說，有時搭計程車不如公交快。西安城內沒有高架橋，塞車現象嚴重，公交車有專線，所以，有些時候，計程車就不如公交車快了。

十月十六日，我們去參觀華清池和秦始皇兵馬俑博物館。回到西安已是下午五時，接受教訓不去搭計程車，改乘公交車。公路上車水馬龍，到處是人和車，街上的行人比平時多出幾倍。公交車一到，人們蜂擁而上，好不容易才擠上車。剛走一會兒就塞車了，八車道的公路上擠滿了各式汽車，人行道也是摩肩接踵。我在納悶，怎麼過個週六，西安的市民就都上街了？問身邊的一位小夥子：「西安的週末都這麼多人嗎？」他說：「平時沒有這麼多。」公交車走走停停兩個小時後，竟然改變了路線，本來要經過小南門的，卻從西邊的玉祥門出去一直往西開。身邊的小夥子說：「這車不去小雁塔方向了，現在離那兒越來越遠了，你們趕緊下車吧。」司機繞道也不說明，車裏也擠滿了人，根本無法與之理論，只好下車。

在路上根本找不到空著的計程車，西安怎麼了？如果有病人或臨產孕婦不要人命嗎？半個小時後，終於截住了一輛拉貨的麵包計程車。我問司機：「你們西安是怎麼回事？街上怎麼這麼多人？」司機說：「今天學生遊行，有些道路實行交通管制了。」「為什麼遊行？」「反日唄！西安七十多所高校的學生都參加了，我兒子也參加了遊行。今天的日本車都不敢上路了。」

晚上九時，終於回到賓館。看鳳凰衛視，報導當天日本人在中國大使館門前舉行了反華遊行。中國的成都、鄭州、西安等地的大學生打著「日本狗，滾！」的標語進行了反日遊行。報導說西安幾千名大學生參加了遊行。西安參加遊行的學生何止是幾千，十幾萬也不止。第二天聽朋友說，遊行的學生砸毀了幾家日本料理店，有一輛豐田警車也被學生砸了。很多人沒法搭計程車，只好自己走回家。

真的慶倖那天沒有搭計程車，計程車是按時計費的，幾個小時堵在計程車裏，計時器裏就會蹦出幾百元的大票呢。

伊河東岸望石窟，走馬觀花看少林

來到洛陽龍門石窟景區大門，才知道這兒到龍門石窟還有幾公里的路，一位黑出租司機上前搭訕，說十元錢可送到景區。上了他的麵包車，他卻拉我們來到一個從未聽說過的廣華寺，該寺的特色是有一個五百羅漢洞，都是新做的，我沒有進去。這幾天看到的寺廟太多了，大同小異而已。

來到龍門景區，一位小夥子又跟了上來，說可以用摩托車把我們帶進去，而不用買票。給他一百元後，他叫來了兩輛摩托車和一輛電動車，我自己騎了一輛電動車跟他們進入景區。

龍門石窟經過自北魏至北宋四百餘年的開鑿，至今仍存有窟龕兩千多個，造像十萬餘尊，多在伊水西岸，數量之多位於中國各大石窟之首。

香山和龍門山兩山對峙，伊河水從中穿流而過，香山不如龍門山石窟多，我們站在香山這邊的觀禮臺上，隔河望去，龍門石窟猶在眼前。每個石窟前面都有圍欄防止遊客撫摸，即使到了對岸石窟的近前也無法接近佛像。我們在觀禮臺上拍了一下照片就離開了景區。遊覽景區看到不如聽到，也不如從書本上瞭解的知識多，到了景區只是要親身感受一下而已。

從石窟出來，見時間還早，匆匆吃過午飯，與一計程車司機商定，給他一百五十元把我們送到嵩山少林寺。電影《少林寺》上映後，少林寺婦孺皆知。而此時的少林寺亦非昔日的少林寺了，原先遊覽車可以直接開到少林寺山門，而現在景區擴大數倍，景區大門距離少林寺山門也有幾公里的路程，逼著遊客乘坐他們的電瓶遊覽車。西安兵馬俑博物館、龍門石窟等景區都是這樣，為的是讓遊客多掏錢。通過各種資料對少林寺有所瞭解，先去看了少林寺塔林，然後進入少林寺轉了一圈，拍了一些照片就出來了。

在少林寺停車場乘坐去鄭州的大巴車趕往鄭州。

中州，長海書庫邂逅徐雁

到達鄭州已是傍晚時分，與鄭州大學趙長海聯繫，約好第二天去看他的藏書。他說正與徐雁教授在一起，讓我過去一起吃飯。我說已經吃過了，遂與徐雁兄通話，相約明天見面。中國閱讀學研究會剛剛在河南新鄉召開了一個會議，徐雁兄給我發了邀請函，由於我已購買了去太原的車票而未參加。會議結束後，徐雁兄又應鄭州大學之邀前來講學。在鄭州遇到徐雁兄真是意外之喜。

我與長海兄相交十幾年了，原先曾交換過不少地方誌，今年四月份在常熟的一個會議上第一次與他見面，會議有一項是他的新著《中國古舊書業》的首發式座談會，我在會上作了發言。趙長海的《新中國古舊書業》一書，是繼徐雁兄《中國舊書業百年》之後的又一部系統研究古舊書業的力作。它展現了新中國成立六十年來古舊書業的理論、歷史和現狀，介紹了近年來網路和傳媒對於古舊書業發展的推動和促進。長海兄投入了大量的時間和精力，蒐集有關古舊書業資料，苦心經營數年，寫成了這部中國古舊書業的理論專著，該書是新中國成立以來的一部古舊書業的發展史，也是古舊書收藏者的入門必讀之書。對於圖書館、古舊書店的古舊書的收藏和經營也有著重要的指導作用。

翌日早晨，到達鄭州大學工學院圖書館後，給趙長海打了電話，他下樓來接我到二樓辦公室。長海兄的辦公室裏有一對沙發，幾個書架，靠窗的地方有一電腦桌。瀏覽了書架上的書籍，大都是關於讀書藏書的著作，見桌上有幾本關於家譜的書，長海兄說他正在應一家出版社之約，寫一部關於家譜的書。

長海藏書五萬餘冊，並搞了一家河南文獻網站，他供職的鄭州大學圖書館專門給他了幾間房子，存放他的藏書，並免費對學生開放。

長海泡上功夫茶，我們邊喝邊聊。一會兒，徐雁兄到了。給我帶來了第五期《悅讀時代》雜誌，另贈一冊他的著作《秋禾行旅記》（二〇〇九年九月南京師範大學版），徐雁兄在扉頁題跋：「阿瀅兄遊秦晉豫，遍訪書人事，邂逅於中州長海河南文獻書庫，為庚寅秋之意外之快也。庚寅深秋於鄭州」。鈐「秋禾」和「文史觀瀾」朱文印章。

我與徐雁兄到一樓長海兄的「河南文獻」書庫參觀，值班室的一位小姑娘給我們三人在「河南文獻」匾下拍了合影。這個河南文獻書庫是對外開放的，書庫內存放的大都是河南地方志，也有一部分是其他省市的方志。徐雁兄建議說：「你可以讓到這兒參觀的人在他的家鄉的志書上題跋，比如讓來新夏先生在《蕭山市志》上題跋，讓阿瀅在《新泰市志》上題跋，這樣你的這些志書就更有價值了。」

從河南文獻書庫出來，長海兄又打開了相鄰的另一間庫房，比剛剛參觀過的書庫大上幾倍。放滿了一排排的書架。長海兄說：「你們看到有複本的，可以隨便拿。」雖有很多複本，但還是不好意思拿，只挑了一本《濮陽民俗志》（一九九三年九月中州古籍版），挑這書是因為濮陽有我的朋友劉學文。一個人對一個城市產生好感，往往是因了這個城市裏的一個人。長海兄送我一冊《明潞王篆刻三百例》（一九九一年八月河南省石刻藝術館編印）。他又找出一冊由他校注的《王越集》（二〇〇九年九月中州古籍版）簽名相贈，王越是河南浚縣人，曾任四川巡按，山東按察使等，有諸多詩文傳世。徐雁兄也挑了幾冊書。

長海兄又帶我們來到七樓的一個房間，這個房間是加了防盜門的，裏面存放的是長海兄從各地舊書市場上淘來的作家手稿、書信、老照片等資料，一捆捆地放在書架上，這些寶貴的資料若細加整理肯定會發現很多有價值的東西。

書蟲一看書就會忘記時間。時近中午，長海夫人駕車來接我們去酒店。飯後，先把徐雁兄送回賓館，長海夫妻又把我送到汽車站。

開封，仍存七朝古都輝煌

來開封正巧遇到舉辦第十屆中國菊花展覽會暨第二十八屆開封菊花花會，全國六十一個城市參展，路上到處擺滿了菊花，各個景區都成了菊展的會場。

看了開封鐵塔，才知道有中國第一塔之稱的開封鐵塔竟然不是鐵鑄的，只是外觀像鐵而已。楊家將的天波楊府在距開封鐵塔不遠的地方，或許楊家將不知道百年之後他們還會為開封人民做貢獻。天波府中用一些拙劣的雕塑再現當年楊家將的功績，我不感興趣，一會兒就出來了。

大相國寺位於開封市中心，是中國著名的佛教寺院，始建於北齊。現有僧侶百餘人，《水滸傳》中魯智深倒拔垂楊柳的故事，就發生在其所轄之地。寺院左側有魯智深倒拔垂楊柳的雕塑，但魯智深的雙手只是撫在樹幹上，根本表現不出雙手用力拔樹情景。大雄寶殿左側有一個專營旅遊產品的商店，其中供奉著舍利，不知真假。舍利供奉在旅遊商店裏，有點不可思議。售貨員都是些小沙彌，一個個鼓動著巧舌遊說遊客購買他們的商品，真不知道這樣的沙彌如何修行。

包公湖東是開封府，西為包公祠，形成了「東府西祠」、樓閣碧水的壯麗景觀。包公祠占地不大，由大殿、二殿、東西配殿、半壁廊、碑亭組成。風格古樸，莊嚴肅穆。祠內有包公銅像，陳列著「龍頭鍘」、「虎頭鍘」、「狗頭鍘」。開封府與包公祠屬於個人承包的景區，門口有一群旅遊托兒，開封府門票五十元，他們說，湊夠六個人把門票錢給他們，就可以免費讓導遊講解。問他們，不買門票怎麼進去？他們說：「這是個人承包的，買了門票公家就有數了，不買門票他們賺得多，我們也可以賺一點。」開封府的承包者與旅遊托兒竟然在著名的開封府前，內外勾結，貪污票款，難道他們不怕包公的狗頭鍘嗎？

清明上河園是開封新建的大型歷史文化主題公園，是以宋代張擇端的名畫《清明上河圖》為藍本按照一比一的比例，集中再現原圖風物景觀的大型宋代民俗風情遊樂園。《清明上河圖》是中國古代一幅彌足珍貴的社會民俗生活長卷，畫面反映了北宋時期的古都開封的社會生活、市井風情和城建格局。一千年前張擇瑞把它從現實搬進了畫卷，一千年後，開封人又把它從畫卷搬回了現實。在清明上河園中看到了梁山好漢劫法場、身懷絕藝的市井奇人表演民間絕活、鬥雞、蹴鞠、馬術等各種表演。

龍亭位於開封市城內西北隅，建於昔日皇宮遺址之上，以氣勢雄偉的龍亭大殿為主，由午門、玉帶橋、嵩呼、朝門、照壁、朝房等清朝萬壽宮建築群組成。龍庭公園也是菊花展覽會的主會場，到處擺滿了各種菊花，一派喜慶氣氛。

開封，先後有戰國時期的魏，五代的後梁、後晉、後漢、後周，北宋和金七個王朝在此建都。到了北宋，中國又進入了一個科技、文化、藝術發展的鼎盛時期，因而才會產出《清明上河圖》那樣氣勢恢宏的巨幅畫卷。李白、杜甫、白居易、蘇軾等文化名流都曾留下了讚美開封的詩篇。幾百年過去了，現在與昔日的開封已不可同日而語，流連於清明上河園、龍亭湖，徜徉開封府、包公祠，處處透露出昔日的繁華勝景。讓人沉浸於古都的幻象中，不由得生出聲聲感歎。

天也漸漸地變冷了，出來時只穿了一件襯衣，現在穿上夾克還是感到有些冷。歷時十四天的晉、陝、豫三省之旅順利結束了。在鄭州時徐雁兄說，他要趁五十歲之前多跑一些地方。是的，趁著年輕一定要多出去走一走，不但要讀萬卷書，還一定要行萬里路。

二〇一〇年十月八日至二十一日，寫於去晉、陝、豫三省途中。

二十八日於秋緣齋整理完畢。

原載二〇一一年第一期《新泰文史》（山東）

春上浮來山

山不在高，有仙則名。山東莒縣的浮來山海拔不足三百米，卻因了南北朝時期文學家劉勰故居在此而聞名於世。劉勰雖非仙家，但一部《文心雕龍》奠定了他在中國文學史和文學批評史上不可或缺的地位，浮來山因而聲名遠播。

庚寅暮春，余攜友前往拜謁。走蒙陰，過沂南，經過三個小時的顛簸抵達莒縣，進入莒縣境內便見一座小山，停車詢問是否浮來山，路旁攤主說是。順著攤主的手指向北望去，坐落著一座山門，隱隱約約看到正中有「浮來山」三字。

在山門與莒縣前來陪同遊覽的祁新君兄會合後，進入浮來山景區。山雖不高，但植被茂密，到處都是鬱鬱蔥蔥的柏樹。車子在千年古剎定林寺前停下，我才知道，劉勰故居和千年銀杏樹都在定林寺內。

進入寺廟，迎面是那棵名揚海內外的銀杏樹，該樹樹齡達三千五百多年，樹高二十六點三米，週粗十五點七米，號稱「天下銀杏第一樹」。在樹下導遊給我們講了一個故事，古時，有人想量一下樹有多粗，伸開雙臂，摟了七摟，見一小媳婦在樹旁避雨，不便再摟，又拃了八拃，於是該樹便有了「七摟八拃一媳婦」之說。新泰白馬寺有一棵銀杏樹，號稱「天下銀杏第二樹」，而且也有一個同樣的傳說，到底是誰抄襲了誰，無法考證。兩棵大樹相比，新泰的高大、清瘦，莒縣的粗壯、敦實。

圍著大樹有幾通石碑，東側是全國人大副委員長王丙乾題寫的「天下銀杏第一樹」，西側有全國政協副主席張思卿題寫的「銀杏樹王」，南側是武中奇題寫「九月辛卯公及莒人盟於浮來」，典出《左傳》，魯隱公八年九月，魯、莒兩國國君曾在此樹下會盟。可見此樹之資深。樹下有好事者做了一個書生伸臂量樹，一旁站有一位女子的塑像，大煞風景。傳說是美麗的，但要把傳說形象化，就流入庸俗一途了，實為畫蛇添足之舉。

在院子的東南角，竟然看到一通康生所題石碑「古為今用」，真是一個令人驚奇的發現。一般來說，文化名人的碑刻都會完整的保存下來，而領導的題字則不長久，一旦領導倒臺，人們馬上就會把當初挖空心思、千方百計，托門子、找關係請領導題寫的牌匾、碑刻及時清除掉，以示劃清界限。人犯了錯誤，與字又有什麼關係？像躲瘟神似地避之不及，實為勢利所致。浮來山能保全康生題字碑，不能不說是一個奇跡。

定林寺共三進院落，中院裏有一座兩層的校經樓，匾額由郭沫若題寫。校經樓也是中國歷史上著名的文學理論家劉勰故居。劉勰生活於南北朝時期，祖籍山東莒縣東莞鎮。據《梁書・劉勰傳》載，劉勰早年家境貧寒，篤志好學，終生未娶，曾寄居江蘇鎮江南定林寺裏，跟隨僧佑研讀佛書及儒家經典，三十二歲時開始寫《文心雕龍》，歷時五年，完成了這部我國最早的文學評論著作。由於劉勰無名，《文心雕龍》問世後，沒有產生任何的影響，當時沈約名高位顯，在政界和文化界都具有重要的地位，劉勰想讓他推薦一下，但又沒有機會認識他。一次，劉勰帶著書，在路邊等沈約。當沈約的車子經過時，劉勰攔住車子，上前獻書。沈約翻看了幾頁，立即被吸引，認為此書深得文理，大加稱賞。後經沈約推薦，劉勰步入仕途。劉勰晚年回山東莒縣在浮來山出家為僧，並創建了（北）定林寺。校經樓正中是劉勰塑像，兩旁陳列著有關劉勰和《文心雕龍》的著作。門上坎懸掛著黎玉題寫的「劉勰故居」匾額。

後院是三教堂，只有三間房子，供奉儒釋道。這也是中國的特色之一，老百姓最講究實惠，用著誰了就來拜誰，豈不知把信仰不同、毫不相干的三教強行拉在一起共處一室，只顧自己方便，而忽視了這他們三位的感受。

從山上下來，祁新君帶我們去參觀莒州博物館，該館去年才建成開放，是山東省三大縣級博物館之一，館藏文物兩萬餘件，總建築面積一萬六千平方米。博物館全面反映了莒文明和莒地歷史演進。館內設莒文化陳列、劉勰紀念館、名人字畫、文化瑰寶、歷代石刻等六個展廳，系統展示了莒文化的深厚底蘊和久遠傳承。莒縣並不是經濟發達縣市，卻能斥資近億元建成一個如此規模的博物館，說明了該縣領導對文化的重視，博物館的落成也提升了該縣的文化品位。

莒縣籍的宋平曾為莒縣題詞「莒國文化，源遠流長」。短暫的莒縣之行，卻深有體會。離開時購買一冊《莒縣文物志》，把莒縣文化帶回秋緣齋。

二〇一〇年五月二十六日於秋緣齋

原載二〇一〇年第六期《悅讀時代》（廣東）

訪古朱家峪

隨著電視劇《闖關東》的熱播，一個叫朱家峪的山村一下子紅了起來。因了這裏保存完整的祠廟、樓閣、古橋、古文化遺址等，被國家建設部和文物局評選為山東省唯一一個「中國歷史文化名村」。朱家峪對外宣稱「江北第一古村」。

一個原生態的古村落，引發了我前往探幽訪古的興趣。一個夏日的午後，我來到了這裏。朱家峪位於濟南東四十五公里處一個三面環山的山坳裏，北面進村的路口一段城牆連接東西兩山，把村子裏得嚴嚴實實。在代鴉片戰爭時期，村民修築圍牆，抵禦外侵。後來圍牆拆除，僅存中間的寨門，當地人稱之為「圩門」，現在的城牆為近年新建。

進了圩門便是石板路，據說為明代村民修築，中間碎石路走馬車，兩旁平整的青石板路則為人行道。人稱雙軌故道。

朱家峪原名城角峪，後易名富山峪。據考證夏商時期就有人在此居住。元末明初，朱姓人遷來居住，因為國姓，便更名朱家峪。這兒就像一座世外桃源，人民過著男耕女織，自種自給的生活，似乎與世隔絕，根本沒受到外界的影響。朝代更迭、戰火蹂躪，歷經數百年，朱家峪的許多文化遺跡奇跡般保存下來。

村子南北長，東西窄。房屋依山而建，高低不平，錯落有致，有些平房竟比兩層樓房還高，出門的臺階有數十級。村中的胡同縱橫交錯，道路時上時下。一條小河與沿著進村的石板路並行，貫穿全村。可惜河已乾涸，倘若河中有水，也像江南水鄉那樣房屋臨河而建，河中一二船娘搖著載滿遊客的小船，穿行村中，那該是另一番景象了。

在進村的石板路正中有一座文昌閣，據碑文載，文昌閣建於清道光十八年，文昌閣上築閣樓，下建閣洞。閣前立有兩通石碑，後被人當做橋面，由於字面朝上，碑文幾乎被磨平，只能看到很少的幾個字。文昌閣內供奉的是文昌帝君，正門上方懸有「學宮仰止」匾額。

建於清光緒年間的朱氏家祠大門設計比較獨特，大門上方有一顆黑色的七角星。據說南宋教育家朱熹出生時，臉的右側有七顆黑星，形狀恰似天上的北斗星。因而，朱氏家族在建設祠堂時，刻上了這枚文運的標誌。大門上方有五顆白顏色的圓球，由右往左依次為火、土、金、水、木，即五元相生吉祥圖，象徵人丁興旺。祠堂大門兩側各有一個旗杆座。旗杆座上被今人莫名其妙的做上了兩個用大理石雕成的烏紗帽，一旁還有竹竿挑著一掛鞭炮。看著我們的到來，有村婦在一旁說：「摸摸官帽，放掛鞭炮。升官發財保平安！」村民為了賺錢，想歪招在旗杆座做上烏紗帽，實在不倫不類。

朱家峪的關帝廟恐怕是世界上最小的關帝廟了，關帝廟三面用大青石扣砌而成，大約一米見方，廟頂為雙龍戲珠，左右石柱為飛龍攀掾。裏面供奉關公，左右兩側分別是關平和周倉。兩側有一幅楹聯：「文官執筆安天下，武將揮刀定太平」。廟宇雖小，年代卻久，一旁碑文記載，該廟建於明朝，重修於清嘉慶年間。

「進士故居」是光緒年間朱逢寅的宅第，朱逢寅是貢生而不是進士。在唐代明經進士是正式進士，而在清朝明經進士是清代對貢生的別稱，不是正式進士。科舉時代，挑選秀才中成績或資格優異者，升入京師的國子監讀書，稱為貢生。意謂以人才貢獻給皇帝。清代貢生，別稱「明經」。因光緒皇帝曾御賜朱逢寅「明經進士」匾額，而被當地百姓稱為進士故居。房子依山而建，宅內有一座保存完好的兩層藏書樓。大門上方雕刻的牡丹與梅花，象徵榮華與富貴。下面雕刻九個葫蘆，取其諧音福祿之意。進入院內，則感到失望之極，院子裏胡亂搭建的小屋破壞了原來宅第的格局。據說，這個院子的主人兄弟分家，各自為政，因而院子更顯凌亂。

村裏還有兩座獨特的建築——立交橋。建於康熙年間的石拱橋全部用大石塊砌成，沒用一點灰泥，而又嚴絲合縫的咬合在一起。上面走人，下面洩洪，沒有洪水時橋下亦可以走人、走車。該橋建成二十幾年後，村民在橋的另一邊又修建了一座立交橋，東西兩座立交古橋，相距十餘米。專家稱其為現代立交橋的雛形。

朱家峪一個小山村有這麼多的古代建築，出了幾位有功名的人才，與他們崇尚教育密不可分。這個山村先後有十七個私塾。早在一九三二年他們就創辦了女子學校，成為中國農村較早的女子學堂。建於一九四一年的山陰小學大門，完全是仿照黃埔軍校校門所建。只是縮小了比例，當時門的上方懸掛的是國民黨的青天白日徽，現在改成了紅五星。在電視劇《南下》中多次見到這個校門的鏡頭。山陰小學有四進院落，房屋八十一間，當時的縣政府也沒有這麼大規模。後來，這兒先後作為小學、中學、師範學校等。當年的教室已改為朱家峪民俗展覽館，儘管已聽不到朗朗書聲，但還是引發人們無限的遐思，為一個小山村能夠這麼重視教育而感動。

整個村子轉了下來，儘管面對朱家峪保存下來的文化古跡不時發出感歎，但總覺得朱家峪如果作為一個旅遊點的話，缺失太多的東西。首先該村缺乏一個總體的規劃，現在村民隨意改建的房屋破壞了整個古村格局，一些飯店與村中建築極不協調，彷彿瘡癤，讓人不舒服。有些景點畫蛇添足，在一戶農舍門上還掛著「朱開山舊宅」的匾額，朱開山是電視劇《闖關東》中的人物，是文學作品中塑造的數百萬闖關東的山東人的代表人物，現實生活中並無其人，掛上朱開山舊宅的匾額著實有些可笑，還不如掛一個「《闖關東》拍攝地」的牌子好些。村人素質也有待提高，每個景點前面都有幾個小攤販，不停的遊說遊客燃放鞭炮，讓人不勝其煩。我們在朱氏祠堂門口的一個小攤前坐下休息，攤販推銷粗布床單，攤販的老婆說，床單是她自己紡線織的布。我問她：「真是自己織的？」她說：「是我自己織的，三天才能織成一個雙人床單。你不信問她。」說著，她指了一下我身邊的導遊。我剛買了兩個床單，鄰攤的一個攤主卻以更低的價格向我推銷同樣的床單，而且得知這些床單根本不是他們自己織成，都是從外面進的貨。有了被騙的感覺，心裏極不舒服。我指責導遊：「你怎麼與他們合夥騙人？」她說：「你們只是來玩一下就走了，我就是這個村的，要天天面對他們，你讓我怎麼說？」小攤販為了蠅頭小利，讓這寧靜質樸的山村蒙羞了。

圩門下，有許多村民乘涼，問他們每天有多少遊客，一位導遊說，哪有多少人呀，一天能有一百人就不錯了。浪費了這麼好的旅遊資源，真是太可惜了。如此下去，恐怕就要自生自滅了。

二〇一〇年七月十三日於秋緣齋

原載二〇一一年三月十日《齊魯晚報》（山東）

走進海源閣

庚寅初夏，應聊城大學王萬順兄之邀，前往聊城，參觀嚮往已久的海源閣。海源閣藏書樓位於光岳樓南萬壽觀街路北楊氏宅院內，進士楊以增建於清道光二十年，與江蘇常熟瞿紹基的「鐵琴銅劍樓」，浙江吳興陸心源的「皕宋樓」，浙江杭州丁申、丁丙的「八千卷樓」，合稱清代四大藏書樓。其中以瞿、楊兩家所收藏的宋元刻本和抄本書為最多，因之又有「南瞿北楊」之稱。

海源閣大門匾額由蔣維崧所題，胡喬木題寫抱柱聯：「一人致力萬人受惠，四代藏書百代流芳」。院內正中是海源閣創始人楊以增半身塑像，後面是三間硬山脊南向二層樓閣，下為楊氏家祠，上為宋元珍本藏書處。樓簷正中懸有楊以增手書「海源閣」匾額，樓下家祠抱柱聯：「食薦四時新俎豆，書藏萬卷小嫏嬛」。室內有楊以增手書海源閣匾額拓本，跋曰：「先大夫欲立家廟未果，今於寢東先建此閣，以承祀事。取《學記》『先河後海』語，顏曰『海源』；蓋寓追遠之思，並仿鄞范氏以『天一』名閣云。時道光二十年歲次庚子亥月是浣，以增敬書並識。」下有「楊以增印」和「至堂」陽文篆刻印章兩方。

海源閣主人楊以增，清乾隆五十二年生於聊城。自幼酷愛讀書和藏書。在其父輩，楊家就有藏書齋，名曰「袖海廬」和「厚遺堂」，而且有「古東郡厚遺堂楊氏藏」的藏書印。楊以增於道光二年考中進士後，先後貴州、廣東、湖北、河南、甘肅、陝西做官，後為江南河道總督。於道光五年開始收藏宋元珍本。當時正值混亂之際，南方許多藏書家的藏書紛紛散出。蘇州大藏書家汪士鍾的「藝芸書舍」的藏書散出，這時楊以增正在江南河道總督任上，他購得這批藏書後，用糧船沿大運河運回聊城海源閣。其子楊紹和為同治四年進士。歷任翰林院編修、翰林院侍讀等職。在北京為官時，清室怡府「樂善堂」藏書散出，多係名家之舊藏，宋元珍本十分豐富，楊紹和將「樂善堂」散出的藏書盡力搜購。僅這一次就購得精善之本一百餘部，極大地豐富了海源閣的藏書。其孫楊保彝時期則處於守業階段，曾編輯《海源閣書目》六卷、《海源閣宋元秘本書目》四卷。

楊氏藏書經過四代人的努力，多方搜集，上百年的積累，使藏書逐漸豐富起來。總計珍藏宋元明清木刻印刷古籍四千餘種、二十二萬餘卷。著名學者王獻唐先生說：「余以目驗所及，知其得到樂善堂者，正不亞於藝芸書舍……綜上兩支，可知楊氏藏書，半得於南，半得於北。吸取兩地精帙，萃於山左一隅，其關於藏書史上地位之變遷，最為重要，以前江浙藏書中心之格局。已岌岌為之衝破矣。」

海源閣對於書的保護有著詳細的措施，楊以增曾孫楊承訓在《曝書》一文中記述道：「我家遵守舊規，每二年或三年必曬書一次，全家共同從事，並預先邀同鄉親友數人幫忙。自清明起，至立夏止。據先世遺言云：『夏日陽光強烈，書曝曬後，紙易碎裂，不耐久藏，且時多暴雨，有卒不及收之虞；秋季多陰雨，潮濕氣盛，故易襲入書內，清明節後，氣候乾燥，陽光暖和，曝書最為適宜，立夏後漸潮濕，即不易曬書矣。』曬書時，將每冊書按次序散列案上，在陽光下曬一至二小時移回室內，再按原來次序排列原架格上，並用白絲棉紙將樟腦麵包成許多小包，分別用一二小包隨書裝在函內，但不得放入書內，至更換書皮時，書線亦於此期為之。海源閣藏書，盡屬珍本，外有木匣，內有錦函，並在清明後每日將全部門窗悉行放開，以使日暖風和之氣徐徐進入，只將架上浮塵撣淨，但不啟函出書。由上午十時至下午四時止，大致有五天至七天，過此時期，即將全部門窗重新關閉，嚴密封鎖，同時封條，以照慎重。」由此可見楊氏幾代人對書的摯愛。

海源閣藏書樓藏書之豐，也引得許多人覬覦。清末，聊城知縣陳香圃託聊城名紳到楊家遊說，勸楊家把藏書獻出。當時，楊以增的孫子楊保彝已去世，遭到王妻的嚴詞拒絕。從此，陳香圃再也未能進入海源閣一步。

舊時藏書家的藏書一般都秘不示人，對於違犯家規的處罰措施相當的嚴厲，寧波天一閣曾給家族制定了一個處罰規則：「子孫無故開門入閣者，罰不與祭三次；私領親友入閣及擅開書櫥者，罰不與祭一年；擅將藏書借出外房及他姓者，罰不與祭三年，因而典押事故者，除追懲外，永行擯逐，不得與祭。」不能參加祭祖是最大屈辱和最嚴厲的處罰。余秋雨曾在〈風雨天一閣〉中講述了一個淒美的故事：嘉慶年間，寧波知府丘鐵卿的內侄女錢繡芸是一個酷愛詩書的姑娘，一心想到天一閣讀書，竟要知府作媒嫁給了范家。但她沒有想到，當自已成了范家媳婦之後還是不能進入天一閣讀書，一種說法是族規禁止婦女登樓，另一種說法是她所嫁的那一房范家後裔在當時已屬於旁支。因而，錢繡芸沒有看到天一閣的任何一本書，最後鬱鬱而終。

海源閣也有一個對藏書秘不示人的規矩，除在曬書、晾書之時找親友幫忙搬動書藉外，平時，親戚、朋友、族人一般不得接近。光緒十七年冬，《老殘遊記》的作者劉鶚，曾專門前去海源閣訪書，結果遭到拒絕，劉鶚怏怏不快，在旅店牆上題詩一首：「滄葦遵王士禮居，藝芸精舍四家書，一齊歸入東昌府，深鎖嫏嬛飽蠹魚。」乘興而來，掃興而去。

與海源閣齊名的常熟鐵琴銅劍樓主人則不同，鐵琴銅劍樓主人在藏書樓第三進樓下開闢了閱讀室，前來查閱古籍者，可以在這兒閱讀抄錄。主人還對讀者提供茶水服務，對遠道而來者還提供食宿方便，因而備受海內外學者讚賞。

海源閣到了楊以增曾孫楊承訓時期，開始走下坡路。為了避免戰亂，先後將藏書中的珍本分散到天津、濟南等地。海源閣歷經戰亂，迭遭破壞，所藏圖書大都散失，只有一小部分輾轉收入北京圖書館和山東省圖書館。而留存於聊城海源閣的部分藏書，在聊城兩次被土匪佔據時，幾乎被搶劫一空。

海源閣歷代主人，不但聚書、藏書，而且還刻印了「海源閣叢書」數十種，為我國的文化事業做出了巨大的貢獻，《中國版刻圖錄》收錄海源閣書影四十四種，標點本《二十四史》前四史就是以海源閣藏書版本為主要參考進行標點排印的，一九七二年日本首相田中角榮訪華時，毛澤東主席贈送給他的《楚辭集注》也是海源閣藏書的影印本。解放後，海源閣沒有得到妥善保護，致使海源閣日趨殘破，最後遭到全部拆除的厄運。直到一九九二年，聊城市政府籌鉅資在楊宅舊址，仿海源閣舊制，重新修復了海源閣。海源閣只是恢復了建築，而令海內外學者所仰慕的海源閣舊藏卻再也無法恢復了。因而，當著名史學家來新夏教授談到海源閣時說：「參觀海源閣，這對我是久已嚮往的事，但到海源閣時，卻令人大失所望，庭院寬敞明淨，而藏書空無一物。文獻記載海源閣曾經多次劫難，但萬難想到是這種蕩然無遺的情狀。我癡癡地站在海源閣的庭院中，眼前似乎展現了一幅海源閣滄桑變幻的景象。」我們只能從史書中去尋覓海源閣當年的盛況了。

院子的一角立有一石，上有郭沫若的石刻：「書山」，儘管對郭沫若本人不感興趣，但還是喜歡他書寫的書山二字，遂在石刻旁留影。

離開時，在海源閣購買《地方史志資料叢書．聊城》一書，該書從各時期的方志中輯錄了有關聊城的文獻資料。我請工作人員在書上蓋章，以作紀念，但他們根本沒有這個準備。

帶著些許遺憾離開了海源閣，是因為沒有看到海源閣的藏書，還是他們沒有準備紀念章，我有些說不清楚。

二〇一〇年六月二十一日庚寅夏至於秋緣齋窗下

原載二〇一〇年十二月三十一日《中國新聞出版報》（北京）

古運河畔訪孟真

去聊城拜謁傅斯年陳列館早已列入了我的出行計畫，但因瑣事一再推遲行期。庚寅初夏，聊城大學的王萬順兄說，他要去南開大學攻讀博士學位，讓我在他開聊城之前去一趟。通牒式的邀請，促使我踏上了去聊城的旅程。

在聊城大學桐園賓館稍作休息，我們便去了傅斯年陳列館，館名由聊城籍的季羨林先生題寫。門口立有「山東省重點文物保護單位——傅氏祠堂」碑。進門影壁牆上是毛澤東書贈傅斯年唐代詩人章碣的《焚書坑》：「竹帛煙消帝業虛，關河空鎖祖龍居。坑灰未燼山東亂，劉項原來不讀書。」傅斯年在北大讀書時，毛澤東是北大圖書館的管理員，兩人因而相識。一九四五年，傅斯年去延安訪問，毛澤東與他徹夜長談，傅斯年向毛澤東索要墨寶，毛澤東便以〈焚書坑〉一詩贈傅斯年，並附信一封：「孟真先生：遵囑寫了數字。不像樣子，聊作紀念，今日聞陳勝吳廣之說，未免過謙，故述唐人語以廣之。」

傅斯年陳列館東側有一小胡同，上有康熙御筆「仁義胡同」。萬順說，這胡同有個故事，傅氏族人與鄰居因牆相爭，給自己家在京官員寫信求援，京官回信說：「一紙書來只為牆，讓他三尺又何妨？長城萬里今猶在，不見當年秦始皇。」家人收書羞愧，並按京官之意退讓三尺，鄰家人見他們如此胸懷，亦退讓三尺，便形成了這條小胡同。其實這個傳說在各地都有，在新泰也有一個同樣的傳說，只是官員的主角成了明朝的工部尚書崔文魁。因有康熙御筆，估計這個傳說的正宗發源地在聊城。

陳列館正中建築懸掛著康熙題寫的「狀元府第」御匾，傅斯年的七世祖傅以漸是順治三年的科舉狀元，也就是清朝開國後的第一個科舉狀元。抱柱聯亦為康熙御題：「傳臚姓名無雙士，開代文章第一家」。室內正中是傅斯年半身銅像。兩側有許多傅斯年陳列館開館時各地贈送的花籃。後院有傅斯年站姿塑像和一座二層建築，為「傅斯年生平陳列展」，從室內陳列的有關傅斯年的資料來看，陳列館的工作人員所搜集的資料是下了功夫的。包括傅斯年在國外留學時的借書證、考試資料都有。其中有臺灣國民黨前主席連戰為傅斯年陳列館開館時題詞：「一代學人」。

傅斯年是著名歷史學家，古典文學研究專家，五四運動學生領袖之一，中央研究院歷史語言研究所的創辦者。曾任北京大學代理校長、國立臺灣大學校長。主要著作有《東北史綱》、《性命古訓辨證》、《古代中國與民族》、《古代文學史》、《傅孟真先生集》等。傅斯年任歷史語言所所長二十三年，培養了大批歷史、語言、考古、人類學等專門人才，他做人也非常大度。一九二九年十二月十二日，傅斯年帶領中央研究院歷史語言研究所同仁，在安陽小屯考古發現了刻有滿版文字的大龜四版，這一發現震驚了國內外學術界。當時被蔣介石通緝，逃亡日本的郭沫若得知這一訊息，寫信給史語所，要求贈送他一份拓片。傅斯年同情這個流落在海外的窮書生，很爽快地答應了他的請求，把尚未發表過的拓片揀出一全份送他做研究資料。郭沫若收到資料後，沒有徵得傅斯年的同意，就將大龜四版寫進他的《甲骨文字研究》，編入他的《卜辭通纂》。史語所的同仁義憤填膺，但傅斯年仍然原諒了郭沫若的侵權行為。

自傅以漸考取狀元後，傅家舉人、進士輩出，歷代官宦不絕，七品以上者達百餘人。書香門第一直持續到清朝末年，到傅斯年出生時，家道開始衰落。傅斯年九歲時，其父逝於任上，他的童年生活是在窮困窘迫和親朋周濟下度過的。傅斯年曾引用孔子的話說：「吾少也賤，故多鄙事。」這也正是其坦蕩正直性格形成的一個重要社會因素，傅斯年不畏權貴，即使在蔣介石面前都敢放肆地翹起二郎腿。有次美國將軍麥克亞瑟訪問臺灣，蔣介石以最高規格接待，親自率領五院院長、三軍司令去機場接待，傅斯年應邀到場。從次日報紙上看，貴賓席上坐著僅三個人：蔣介石、麥克亞瑟、傅斯年。傅斯年坦然自若地坐在沙發上，叼著煙斗，蹺起右腿，五院院長及其他政要畢恭畢敬地垂手而立，三軍司令肅然站立。報紙新聞特寫說：「在機場貴賓室，敢與總統及麥帥平坐者，唯傅斯年一人。」蔣介石想讓傅斯年進入政府工作，他堅決不肯，他在寫給胡適的信中說，一旦加入政府，就沒有了說話的自由，也就失去了說話的份量。一九五〇年十二月二十日，這位敢說實話的傅斯年，到臺灣不到一年，在臺灣大學突發腦溢血去世，享年五十四歲。蔣介石沉痛的寫下了「國失師表」四個字。

胡適是傅斯年的老師，他說傅斯年是「人間一個最稀有的天才。他的記憶力最強，理解力也最強。他能做最細密的繡花針工夫，他又有最大膽的大刀闊斧本領。他是最能做學問的學人，同時他又是最能辦事、最有組織才幹的天生領袖人物。他的情感是最有熱力，往往帶有爆炸性的；同時，他又是最溫柔、最富於理智、最有條理的一個可愛可親的人。這都是人世最難得合併在一個人身上的才性，而我們的孟真確能一身兼有這些最難兼有的品性與才能。」

從傅斯年陳列館出來，漫步聊城大街，不禁思緒萬千。京杭大運河與黃河在此交匯，又有東昌湖，因而，聊城對外宣稱江北水城。打水城的宣稱牌與江南的水城是無法抗衡的，聊城有豐富而獨有的文化資源，有傅斯年陳列館，有清代四大藏書樓之一的海源閣，有氣勢巍峨的光岳樓，有金碧輝煌的山陝會館……完全可以做文化古城的文章。可以利用傅斯年在臺灣的影響吸引台商的投資；圍繞海源閣召開各種國際學術研討會，進一步擴大聊城的影響；通過山陝會館尋找當年在聊城經商的山西、陝西兩省商人後裔，舉辦紀念活動，招商引資……

光岳樓附近正在拆遷，一些仿古建築正在施工中。但願聊城能借助豐厚的文化資源打造出一座全新的文化古城。

二〇一〇年六月二十六日於秋緣齋

原載二〇一〇年七月二十三日《今日開發區》（山東）

秋深葉濃遊長清

暮秋時節，滿山紅葉。應友人之邀，與石靈君驅車去濟南長清探幽訪勝。長清靈岩寺聞名中外，曾先後兩次拜謁，飽覽天下第一名塑的風采。而其他景致卻無緣識荊，在友人陪同下，遊覽了周家庵古村、五峰山、蓮臺山、光明山，拜謁洞真觀、義淨寺。

小山村，出了一位與玄奘齊名的義淨大師

到達張夏鎮後，友人帶我們進入一個山坳，探訪四禪寺遺址。

四禪寺原名土窟寺、永慶寺，因了一位僧人曾在此出家，而揚名於世。唐貞觀年間一位叫張文明的少年在四禪寺出家，法號義淨。義淨法師仰慕法顯大師和玄奘大師的高風，毅然赴印度求法巡禮。在印度「那爛陀寺」求學十餘年，遊歷了三十多個國家，二十五年後回到洛陽，帶回真容聖像一尊，佛舍利三百粒，梵文佛經四百部。為了歡迎求法歸來的義淨大師，武則天率領朝廷文武百官，在洛陽東門外舉行了盛大的歡迎儀式，敕封義淨為「三藏法師」。義淨譯出新經後，武則天又為新經寫了〈大周新翻聖教序〉。西元七一三年，義淨

大師在長安去世，他不但留下了四百餘部翻譯的經卷，還撰寫了《大唐西域求法高僧傳》、《南海寄歸內法傳》等五部著作。後人將義淨與玄奘和法顯並稱為中國歷史上到印度取經求法的三大高僧。四禪寺遺址北面的山腰有一座不高的墓塔，友人說那是義淨法師的真身塔。

四禪寺遺址上是四禪寺小學，可以看出學校院牆的基石是寺廟大殿的石頭砌成。門口有一座石砌的碑亭，亭內空空如也。旁邊立有一座經幢，歷經千年風雨，依然孤獨地矗立在那兒，經幢上的文字模糊不清。校園的一角有許多殘碑，任由學生在上面玩耍。這些文物建築未有任何保護措施，任其在風雨剝蝕、頑童的嬉戲中漸漸消損。

帶著遺憾離開四禪寺，進入一個山谷，來到了一個叫周家庵的古老村莊，傳說是義淨的老家，村子只有幾十戶人家。沿著進村的小路有一條乾涸的小河，上有古橋上書印山橋。橋東側鑲嵌龍頭石雕，西側則為龍尾石雕。周家庵村四面環山，南面兩座山造型奇特，山形酷似官印而得名印山，周家庵村一度又稱印山莊，因而古橋叫印山橋。

橋南的井臺上架著轆轤，我問村民，現在是否飲用這井水。他們說，現在有了自來水，這井水早已不用。

村裏有兩棵古樹，一棵大樹從一農家院裏伸向空中，遠遠望去，那院子好像生長這棵大樹的花盆，走近了才看到那是一個破敗的小院，門口長滿了荒草，好像無人居住。推開柵欄門走了進去，幾位村人見有外人進入也跟了進來。據村民介紹，這是一棵丁香樹，一千多年了，是義淨大師所植。他自豪地說：「義淨大師是俺村裏人。」我從來沒有見過幾十米高，幾人合圍的丁香樹。離丁香樹不遠，在路中間還有一棵古樹，我問：「那是什麼樹？」村民說：「龍樹。」大樹根部凸起，附在地面兩米有餘，蜿蜒曲折，狀如虯龍。怪不得村民叫它龍樹，其實是一棵檀樹，距今也有一千多年了。村民繪聲繪色地說丁香和檀樹的種子是由義淨法師從印度帶回，並親手種植。而實際上義淨離開故鄉後再也沒有回來過，小山村出了一位與唐玄奘齊名的義淨大師，鄉人皆感到自豪，許多關於義淨的故事一輩一輩流傳下來。

不知五峰山，不能怪我們孤陋寡聞

五峰山位於長清境內，以五座並立於青山白雲間的秀麗山峰而得名。五峰山也是長江以北最大的道教聖地之一，山中有建於金代的洞真觀，元代宮廷封道觀為「護國神虛宮」。明萬曆皇帝賜名「隆壽宮」，清代以來，漸趨衰敗。

洞真觀坐北朝南，各殿依次建在同一中軸線上。觀前元代所建影壁上書「道法自然」四個大字。過了一座四柱三樓式木質「皇宮門」牌坊，有許多參天古柏，旁邊有介紹說，元代有位半路出家的道士的兒子死了，每到兒子的祭日，道士就栽種一棵柏樹紀念兒子，當栽到十三棵時，羽化成仙。清順治皇帝聽了這個故事深為感動，封這些柏樹為十三太保。數了一下，正好十三棵柏樹。

五峰山的主要遺址還有三清殿、玉皇殿、碧霞宮、真武殿、隆壽宮石坊、三元殿、朝陽洞、青帝宮、清冷亭、百丈石階、碑林等。玉皇殿後有一株銀杏樹，腰圍六點五米，高約三十餘米，傳為金代建觀時所植。菩提樹原產印度，別名覺悟樹、智慧樹。在《梵書》中稱為「覺樹」，被虔誠的佛教徒視為聖樹，由僧人從西竺引種於廣州光孝寺壇前。從此廣東、雲南均有菩提樹生長。但菩提樹不能在北方種植，北方便用有活化石之稱的銀杏樹替代菩提樹，因而各地寺廟多有銀杏。

據說五峰山古時即有「登泰山而小天小，上五峰而知清幽」之說，我們距離五峰山只有一百多公里，但來此之前，居然沒有聽說過五峰山之名。我剛完成了山西、陝西、河南之旅，所到之處，遊人如織、摩肩繼踵，在景區拍照都往往拍成與別人的合影。可在偌大的五峰山景區我們只遇到了十幾位遊客。不知道五峰山真不能怪我們孤陋寡聞了吧？

如果打開房門，石靈的呼嚕聲一定會在山間迴響

從五峰山下來，天色已晚，友人說，晚上住在蓮臺山吧。蓮臺山也是長清境內的一個風景秀美的景區，南與靈岩寺相鄰，西與五峰山相望，北距濟南二十五公里。蓮臺山環抱如城，又因形似佛座蓮台而得名。蓮臺山自古有「世外桃源」的美名，並以其洞奇、林秀而著稱。

進入蓮臺山景區後，車子沿著盤山公路一直往上，朋友說，景區內氣候獨特、動植物種類繁多，有「江北第一植物園」的美稱。

車子駛進山上的一個院子。院子不大，有五座連體小別墅，北側是懸崖峭壁，別墅就在懸崖之下，抬頭望著百餘米高的峭壁，石靈說：「可別掉下來呀。玄之又玄！」房間裏有一個二十多平方的陽臺，陽臺下是長滿了各種樹木的山澗。在陽臺上眺望，遠處的山巒盡收眼底，紅葉漫山遍野，山上山下，生機盎然，分外妖嬈，真是一幅美麗的畫卷。站在這裏猶如置身另一個天地。

蓮臺山度假村分上下兩部分，山半腰是蓮台賓館，住人較多，山頂部的蓮台山莊只有三十二個床位，主要是接待領導的。來之前，朋友給區領導打了電話，便安排我們住在了這裏。山莊有一個小型會議室，如果在這裏組織一次筆會，真是最佳去處。躺在床上就能看到滿山的紅葉，在此小憩，恍如人居天上，境入桃源，真是美不勝言。有詩贊曰：「置身著色蓮臺山，紅葉醉倒回家難。」

據說蓮臺山的另一奇是古洞薈萃，濟南有七十二名泉，蓮臺山有七十二洞，有些洞是洞內洞、洞上洞、洞中有山、山中有洞，其中奧妙無窮，處處都有美麗神奇的傳說。只是天色已晚，無法領略蓮臺山洞穴的奇妙了。

山裏的夜晚，格外寂靜。只能聽見自己的呼吸和石靈毫無規律的呼嚕聲，沉浸在蓮臺山美妙的仙境內久久不能入睡。石靈的呼嚕一開始緩緩的，像涓涓細流，慢慢地一浪高過一浪，似洶湧波濤，大有翻江倒海之勢。這時如果打開陽臺的房門，石靈的呼嚕聲一定會在山間迴響。我這才真正體會到當初我與吉林作家王國華同居一室時他的痛苦感受，因而他才寫出了《呼嚕大戰》。我正在漫無邊際地胡思亂想著，石靈醒了：「你怎麼沒睡？」「你的呼嚕大有長進呀！」他說：「超過老師了？呵呵，怪不得沒聽見你打呼嚕呢。」

早晨醒來，聽見山中有人說話，但不見人影，站在陽臺上不禁大聲呼喊：「噢——噢——噢——」喊聲一直盪出很遠。一下子把胸中的濁氣全部喊了出去，痛快淋漓。這時遠處山頭也有人大聲回應。一會兒從對面山峰下一個大樹的空隙裏看到一隊人影，從山上魚貫而下。那一定是一早爬山的驢友從山上下來了。

在義淨寺，跟著住持慢條斯理地用餐

義淨寺位於蓮台山西北部的光明山上。觀音菩薩所在的補陀落迦山，音譯補陀落迦山，或補但洛迦山，或普陀落迦山。義靜法師譯名海島山，或小白華山，又名光明山。因此山位於海島，島上滿布小白華，清香美麗，觀音菩薩住此山中，常放光明，表示大悲光明，普門示現，因而得名。長清光明山或許亦因義淨法師而得名。

義淨寺的前身是雙泉庵，係義淨出家的四禪寺下院，歷經千餘年災亂浩劫，除十餘幢碑碣尚存外，其他建築物幾成廢墟。殿前有兩株千年古柏，長勢參天，古柏兩側各有一眼水井，透過石層，在庵下湧為兩股山泉，雙泉庵因而得名。清康熙四年所立石碑云：「閣前有湧綠噴珠，名曰雙泉，鍾山之秀，鍾山之靈，盡萃始斯矣，昔賈島有詠林泉詩，其詞曰：『山色推窗看，泉聲隔殿聞，鳥宿池邊樹，僧敲月下門。』非既此景也？」由此可見昔日盛景。

光陰荏苒，世間任何事物稍不留心就會被時光淹沒，當年義淨從印度取回真經，曾轟動一時，成為與玄奘法師齊名的一代名僧。但後來卻漸漸被人所遺忘，地方誌也未有記載。有人分析其原因或許因為當時義淨深受武則天激賞所致。中國人自古受儒學思想影響，對武則天稱帝深惡痛絕，因而義淨法師受其牽連。不知義淨大師是否預料到千年之後，常淨法師繼承了他的衣缽，為了弘揚義淨文化，在雙泉庵遺址興建義淨寺，使這座千年古剎重煥新顏。

我們到達掩映在蒼山翠柏之中的義淨寺時，建築工人正在喇叭傳出的誦經聲緊張地施工，義淨寺的一期工程已近尾聲，主要殿堂都已竣工，寺院裏到處是建築材料及設備。他們說，寺院住持在後山辦公，去後山的路是新開掘的，陡峭異常，我們的車子無法上山，只好給義淨寺住持常淨法師打電話，請他開車來接。一會兒，常淨法師駕駛一輛三菱越野車過來了，沉穩的常淨法師駕車迅疾，在崎嶇不平、左彎右拐的山路上如履平地。車子盤旋上山，在一排簡易的活動板房前停了下來。這兒就是常淨住持臨時辦公、食宿及誦經之處。朋友介紹說，義淨寺的二期工程將在此建一座義淨大學。山根處有一座義淨銅像，銅像的底座為鐵鑄船形，表示著當年義淨出海遠航去西天取經。義淨銅像由一位王姓居士捐款三十萬元建成。王居士在濟南經營著一家公司，每週都要到義淨寺來。我們去時，正巧他也在山上。

常淨法師是北京大學哲學系古宗教系碩士研究生，在常淨法師的臨時辦公室裏，我們暢談了義淨寺下一步的發展規劃，不知不覺已近中午，常淨法師說：「我們吃飯吧！」來到餐廳，見桌上有六道素菜，飯食有饅頭、水餃、煎餅、酥餅，還有點心、水果，擺了滿滿的一桌，很是豐盛。我曾在濟南佛山苑吃過一次齋飯，在寺院裏吃飯還是頭一次。常淨住持陪我們一道用餐，感覺自然不同，不像平時那樣狼吞虎嚥，也跟著住持慢條斯理地用餐。

飯後，常淨法師給我們安排房間住宿，但家中還有許多俗務需要處理，遂謝絕法師。在回家的路上便想，過段時日一定再去寺中多住幾日，體驗一下僧侶生活，向法師討教禪學。

二〇一〇年十一月六日於秋緣齋

原載二〇一一年第一期《新泰文化》（山東）

寺中六日

庚寅暮秋，余與開慧、石靈二兄應邀前往濟南義淨寺小住，體驗僧侶生活，採訪了義淨寺住持常淨法師。六天時間遠離了電腦、電視，齋堂用齋，佛堂打坐，寮房談禪，修身養性。短短幾日，受益頗多……

11月17日，與石靈驅車來到濟南長清區張夏鎮，與從濟南趕來的吳開慧會合後，直接去了義淨寺，住持常淨法師還在桓台華嚴寺尚未回來。義淨寺的一期工程已近尾聲，工人說再一個月就可竣工。我們在接待室裏喝茶聊天，討論了採訪提綱，採訪分為兩部分，一是採訪常淨法師，他的出世、佛緣、出家、修行、求學之路、與義淨結緣、在何種情況下籌建義淨寺、佛學交流以及他的佛學思想等；另一部分是採訪寺廟雜役、居士等，然後去桓台寺廟採訪。

下午四時，常淨法師才風塵僕僕的從桓台趕了回來。寺院辦公室在後山上，我們坐常淨法師的三菱越野車上了山。和他談了採訪計畫，他說明天安排一上午時間接受我們的採訪。

天色已晚，我們在山上散步，這兒幽靜極了，下面寺院的建築轟鳴聲傳不到這裏。就想，等寺院完全建好後，每年要到這裏住上一段時間，集中整理書稿，真是最佳去處，關掉手機後就不會受到任何干擾了。

山上沒有電視，沒有電腦，只有鄰近佛堂裏的誦經聲不時傳入耳膜。真是一個清靜的地方，能在這裏住上幾夜也是與佛有緣了。

11月18日，本來計畫上午採訪常淨法師，正巧長清區民宗局領導來義淨寺，後來又來了一些居士。常淨法師忙於接待無暇接受我們的採訪。

除了濟南義淨寺外，常淨法師還有兩座寺廟，桓台的華嚴寺和張店的慧圓寺。常淨法師不同於一般的和尚，他並不安於現狀，他有自己的思想，他有幾個大的設想，而且正在實施之中。一是在義淨寺建立義淨大學，義淨大學不同於普通的學院，為開放式，任何人都可以前來學習，屆時邀請各地不同流派的學者和高僧大德前來講學。義淨大學的建築已經選址，就在現在的臨時辦公室附近；二是在桓台的華嚴寺建設安養院，一期工程可供養一百五十餘位老人，孤寡老人免費入院，有子女的老人適當交些費用。寺廟建設養老院在山東尚屬首創，目前，安養院已開工建設；三是在張店建立一個佛學文化交流中心。三個宏偉設想皆為利民之舉。

午飯後，又陸續上來幾位居士，我們只好回寮房休息，等客人走後再進行採訪。一會兒，省委宣傳部又來電話找常淨法師，他又去了濟南。本來以為這次採訪內容多，時間緊，沒有帶書來，這時卻閒得難受了。

下午四時，我們來到佛堂跟著僧人一起做晚課，體驗一下生活。除了僧人，寺院裏的幾位居士也換上海青過來做晚課。源超師傅給我們每人一冊《念誦義規》。開始誦讀《佛說阿彌陀佛經》，剛開始我們還能跟著誦經，後來，他們速度越來越快，我們跟不上了。後來的幾段我們根本找不到誦讀的是哪段經文，只好雙手合十，兩眼緊閉聽他們誦經。晚課大約進行了一個小時。行延師傅說，明天早晨四點半做早課，讓我們一塊過來，我們點頭應允，但不知明早能否起得來。

僧人有過午不食的規定，因而晚飯又叫藥食。用餐後，他們又去佛堂誦經，我們則回寮房在他們的誦經聲中聊天。小沙彌行度二十來歲，濟南人，不知他為何出家。寺廟裏的每一位僧人肯定都會有一個不平常的經歷，如果挖掘出來一定會寫出一篇感人的故事，但他們不會輕易敞開心扉與我們交流，或許時間久了就有這種機會的。

在這裏沒有電腦，沒有電視，也沒有書籍，一下子改變了多年來的生活習慣，晚上的日子很難打發。幸虧有開慧和石靈陪我聊天，我們天南海北的神聊，否則真不知該如何度過這漫漫長夜。

佛堂裏依舊誦經聲聲，我們已無可聊的話題了。

11月19日，常淨法師講述他少年求佛的奇特經歷，十二歲時，偷拿了父母三十多元錢，自己悄悄地坐火車到四川峨眉山一座寺院，要求出家，人家根本不敢收留一個來歷不明的小孩。他去時就沒有打算回家，帶的錢只夠去的路費，只好沿路乞討回家，只要看到往北的火車就偷偷地爬上去，一路上遇到許多好心人，流浪兩個月才回到家中。後來，他還曾到少林寺，在少林寺武校待了半年。

他自小喜歡拜佛，他家的小狗病了，他就抱著小狗拜觀音菩薩，小狗奇跡般痊癒了。他於二〇〇七年畢業於北京大學哲學系，現在仍堅持學習，每年都要進修幾個月，還兼任了山東大學教授。

他對自己的過去談得很少，許多我們感興趣的問題，他都認為不值一提，這也給我們的寫作帶來了困難，至於他的佛學思想，我讓他自己總結一下，然後用電子信箱發給我。

寺廟裏有兩位負責做飯，還有一位幹雜活，她們三人都是來自桓台的居士，我與做雜活的荊居士聊天，得知她從家裏出來八個月了，在寺院裏做義工，沒有任何報酬，只是一心學佛，對世俗的一切已經看的很淡，她的思想境界已經超出了一般的居士，家庭觀念已很淡薄，可謂為佛無私奉獻著自己的一切。

下午，與常淨法師聊了許多關於佛學的問題，使我們受益匪淺，談到他的計畫更是信心百倍。我們商定先把《義淨・常淨・義淨寺》這本書搞好，然後，再籌備明年的義淨文化研討會暨通明山筆會，邀請全國各地的作家、學者與會，把義淨及義淨寺宣傳出去。

山東電視臺拍攝的《山東有個唐三藏》電視片的結尾有句話說：「每當這時，天空中就會飛來兩隻大鳥，在空中盤旋，久久不肯離去。」聽說山上有幾隻大鵰，經常出現在寺院的上空。來寺廟三天了，從未看到鵰的蹤影，問寺院雜役，他們也不知鵰會在什麼時候出現。

與常淨法師聊完天後，我與石靈到義淨大師銅像下散步，突然發現上空有一隻大鳥，就是傳說中的那隻大鳥了。它靜靜地停在空中，大約過來十幾分鐘後，才在空中飛了一圈，似乎在巡視它的領地，然後才向後山飛去。

藥食吃的是水餃，我發現僧人們每次吃飯都把碗裏的飯吃得乾乾淨淨，我問小沙彌行度：「你們每次都把碗裏的飯吃得乾乾淨淨，是不是有規定必須把碗裏的飯吃光？」行度說：「並沒有規定，這叫惜福，珍惜福報，不浪費糧食。」說著他把自己盤子中剩餘的飯菜倒進碗裏，用筷子把碗的周圍打掃一遍，全部喝掉了。想到早飯時，自己剩了半碗米飯，感到有些羞愧了。

11月20日，每月的初一、十五是寺院開例會的日子，與會人員是寺院各部門負責人和來自各地的居士，寺院設立了法務部、策劃部、外聯部、財務部、發展部、宣傳部、籌建部、慈善部、辦公室等十個部門，各部門負責人均由皈依居士出任，例會是開放式的，任何人都可列席。

會議開始前，大家跟著寺院住持常淨法師唱了五分鐘佛號。各部門負責人彙報工作情況及下一步工作計畫。當說到會計從濟南趕到寺院上班不方便，需要一輛車時，財務部負責人汪居士馬上說：「我明天就買。」第一次見到這種場面，大家從各地趕來開會，而且都是自覺自願，這是一種什麼精神呢？

會議輕鬆愉快地進行了一個小時後結束了。居士王立清留了下來，藥食之後，他給我們講述皈依佛門的過程及出現的一些奇異現象。問他每年要為佛門捐獻多少錢？他說幾十萬吧。休息前，他還在默默誦經，其虔誠之心令人敬佩。

11月21日，上次從長清回家後，寫了〈秋深葉濃遊長清〉一文，因而結識居士胡豔，她知道我來到了義淨寺，昨晚便從濟南趕了過來，由於寺廟有規定，女客不可到男寮房，因而不方便交談。上午，在寮房門外簡單聊了幾句。下午，她回濟南。我們則與常淨法師去了桓台華嚴寺。華嚴寺不大，但常淨法師又買下了附近的一個廢棄化工廠，現在已經建起了齋堂，兩座寮房樓，本來還規劃有方丈院，但由於決定建安養院，把方丈院的位置給占了。院子裏有挖掘機正在出安養院的地槽。

華嚴寺地處平地，在一個村子裏面，寮房附衛生間，雖然交通、生活方便了，但找不到在義淨寺山上的那種感覺了。

11月22日，早晨六點，僧人就來敲門讓我們去吃飯，我們說等會兒與住持一塊吃，這樣又睡了一個小時才起床。洗漱完畢，見常淨法師與幾位僧人在工地上向工人交代著什麼。在常淨的辦公室吃過早飯後，他要忙著接待居士，我們便去華嚴寺參觀。

在義淨寺就發現了一個問題，廟裏既有和尚又有尼姑，不知怎麼回事。這兒的尼姑都是常淨的弟子，由於我們對佛教不太瞭解，社會在發展，佛教也在改革吧。在華嚴寺裏有位六十多歲的老尼很善談，她說自己退休後，就皈依佛門，後來，常淨法師舉辦了一個短期出家培訓班，培訓班結束後，有十幾位居士留下出家了，她就是其中之一。一開始老伴、兒女都不支持，現在慢慢地理解她了。

中午，是在齋堂裏用餐。齋堂是一個上千平方米的兩層建築，沖著門有一個高大的桌子，前面供奉的彌勒佛，後面是住持用餐的地方，齋堂裏擺滿了餐桌，和尚和男居士在右面用餐，尼姑和女居士在左面用餐。在寺廟裏起床、做早晚課、用餐等都由一位師傅敲擊木板，叫打板。

齋堂裏有很多規矩，吃飯前，人們坐在自己的位置，然後由僧人帶領誦經。之後，由寺院雜役端著飯菜依次送到和尚、尼姑，然後才是居士面前。在齋堂有規定，掉到桌上的飯要撿起吃掉，碗裏不能剩飯。除了飯後每人發的一個水果外，其他食物不許帶回寮房。眾人吃完飯後，都坐在自己的位子上，等住持走後，才能離開。

下午，常淨法師又驅車帶我們去張店的慧圓寺，他雖然也是這兒的住持，但他不常到這裏，他的辦公室裏是空的，一位小尼姑端來了自己的一套功夫茶具，給我們沖茶，一會兒，她又帶來了一些茶點。慧圓寺不大，在一個公園裏，環境倒是很好，只是像一座供人遊覽的景點。這三座寺廟還是義淨寺給人感覺最好。

常淨法師還想留我們住一夜，但是已經出來六天了，吃了六天齋飯，做了六天的「和尚」，家裏還有許多俗務等待我回去處理，便告別常淨法師，從張店乘車回到新泰。

二〇一〇年十一月十七至二十二日

谷里，谷里

朋友來電話，相約去谷里訪友，我改變了一個出行計畫，欣然應允。谷里位於新泰西二十公里處，東邊是窯溝嶺，西邊荒裏嶺，兩嶺夾一谷，因而得名。

一件大事

相傳齊魯夾谷會盟就發生在谷里，夾谷會盟是春秋戰國末期的一件大事，在夾谷盟會上，孔子充分顯示了孔子卓越的政治和外交才能，使魯國在外交上取得了勝利，迫使齊國歸還了以前從魯國侵佔的龜陰等三處土地。

「夾谷」亦存在地名之爭，歷來地理學家、考古學家眾說不一，歸結起來有四說，即淄川說、贛榆說、萊蕪說和新泰說。各地學者費心盡力尋找蛛絲馬跡，以證明夾谷屬於自己的所在地。

據民國二十四年《續修萊蕪縣誌》載：「夾谷，舊志謂即治西南三十里，連新泰縣界之夾谷峪。春秋定公十年，公會齊侯於夾谷即此。」還對夾谷淄川說、贛榆說作了反駁：「萊蕪則正當齊魯之境，（夾谷）若在淄川則已入齊地一百餘里。贑榆當魯之極南境，非會盟之轍所宜至，且齊強魯弱，魯亦無為挈齊而會於其國之極南也……萊蕪為齊魯孔道，又齊魯交界，兩國會盟必不能越孔道而會於偏南偏北之地，亦不能越兩國交界而會於國門之外。」清代學者顧炎武在他的《日知錄》中說，萊蕪縣南有夾谷，齊魯相會當在此地，不應在遠至春秋時屬莒地贑榆。

然而，《岱史》第八冊載：「在岳東南，漢明堂側，齊魯夾谷會盟後歸謝處。再東南，有谷里，即古夾谷也。」《山東通志・古跡》載：「谷里，在縣西南五十里，世傳夾谷會盟之地。」萊蕪的夾谷峪山勢險峻，山路狹窄，不適合兩國國君所率領的車隊和隨從人員在此會盟。這種地形若設埋伏，一定會使對方陷於絕地。而在此南部二十公里處的新泰谷里，地域寬闊，則是兩國會盟的理想之地。

當地政府把夾谷會盟作為自己轄地的重大歷史事件加以宣傳，當地人也以夾谷會盟所在地而深感自豪。

一隻吻獸

谷里有座寺院曰明光寺，始建於唐代，寺院建在一處用石塊築起的高二米五，長寬各八十米的平臺上，據說這個平臺原為夾谷會盟遺址，後人借著這塊高出地面的平臺修建了明光寺。寺址仍存唐代殘碑一塊，上有「夾谷之偉觀」字樣。清《重修明光寺碑記》載：「縣治西域，地名谷里，相傳齊魯夾谷會盟之地也。」寺院正中的大殿供奉釋迦牟尼，東側是碧霞宮，供奉碧霞元君，俗稱泰山奶奶。中國是泛神的國度，一個寺院同存佛、道兩教，百姓還是最實惠，需要誰時就拜誰。

解放後，寺院改為衛生院，現僅存碧霞宮，周圍是衛生院宿舍。當我在友人的陪同下，前往拜謁時，眼前的碧霞宮房頂已坍塌，只剩牆體，兩根房梁斜插在後牆上，支撐著前牆。門前的兩根木頭圓柱一根站著，另一根已經離開下面的基石斜倚在窗前。一通清乾隆二十一年重修明光寺捐款功德碑橫躺在地上，碑文模糊不清。一位老人見我們辨認斑駁的碑文，上前搭訕。我問他碧霞宮什麼時候坍塌的，他說，房頂有一大窟窿，由於無人修繕，在雨季整個屋頂塌落了。我問及另一通唐代殘碑，老人說，在後面的院子裏，由於主人不在，門緊鎖著，而無法看到此碑。

當我們離開時，回頭望去，西山牆簷角的吻獸孤獨地、冷漠地蹲在那裏，堅守著自己的崗位，瞭望著時代的變遷，執拗地等待著重現昔日的輝煌。

一座「大」山

谷里境內有一座山——龜山。中國許多地方都有龜山，比如福建莆田、湖北武漢、山東棗莊、浙江紹興、安徽巢湖、浙江永嘉、江蘇徐州、湖北麻城等，皆因其地形山勢似龜而得名。而谷里龜山不僅其形像龜，更是因了孔子的〈龜山操〉而名揚天下：「予欲望魯兮，龜山蔽之，手無斧柯，奈龜山何！」後來唐代文學家韓愈、清末民初思想家章太炎均有《龜山操》傳世。

我曾兩次到龜山腳下的山村，因有事而未曾上山，一直心存遺憾。近日一熱衷於戶外運動的朋友告訴我，他組織驢友登龜山，眾人爬上山頂，見該山既不險峻，也不秀麗，且無植被，皆大失所望。孔子一首〈龜山操〉已賦予了龜山深厚的文化內涵，它的高大、它的雄偉是一些只有自然景觀的山巒所無法比擬的。就像面對一位滿腹經綸的學者沒必要苛求他必須有一副魁偉的身材，也不必計較龜山的景色。只要記得這是一座文化山，它在你心中的形象就會高大起來。

一條小河

有名山必有秀水，谷河發源於龜山，由南向北流淌，匯入小汶河。流經谷里的一段酷似月牙，人稱月牙河。而這段月牙河是經人工改道形成的。明初，有毛氏族人遷來居住，後在山西為官，遂成望族，大興土木，蓋了一座三層的毛家樓，既可顯示財大氣粗，又可抵禦盜賊，毛家樓成為當地一大景觀。

明萬曆年間，從山西來了一位風水先生，為毛家看風水，他說：「毛家要想旺，還需水來撞」。毛家信以為真，便決定為谷河改道，直沖毛家樓，改道後的谷河形成了一個月牙形，月牙河因之得名。毛家本來希望河流改道後會聚斂更多的財富，沒想到卻一蹶不振，從此衰落。毛家人突然悟出是上了山西風水先生的當，他們想，毛兒本來輕輕，哪經得河水的衝擊呢。其實他們沒有真正明白家族敗落的原因，即使現在機械化時代要想為河流改道，也要投入大量的人力物力財力，而在全靠肩扛手抬的明代單憑個人的力量為河流改道，巨大的耗費即使再厚實的家底也會掏空的。因而有人說，這是毛家在山西做官得罪了人，而遭人算計的。

儘管毛家因之敗落，但卻為谷里留下了一個故事，一大景色。現在當地政府已開始了月牙河濕地公園的建設工程，不久後，古老的月牙河將成為一道新的景觀。

一位義士

明朝末年，谷里出了一位人物——張遇留。

乾隆《新泰縣誌》卷十六《人物中・義行》載：「張遇留，字封留，廩生。少習兵法，慷慨有大節。因世亂倡立十三營，捐資養士，領附近子弟五百人，號『知方軍』，義勇甲於諸營。土寇史東明、李青山比歲犯城，留所至無不摧敗，城池村堡悉倚保障。崇禎癸未，城中有難，與弟志顏率眾赴敵，眾寡不支，全軍覆沒。祀忠義。」

張遇留與弟弟張志顏為張氏後人掙下了不出佚的功勞，因在清代縣誌中褒獎，並崇祀「忠義祠」，人們便認為張遇留剿滅義軍，是殺害起義軍的罪人，張氏族人也稱其先祖張遇留為「韃子老爺」。但也有學者認為張遇留兄弟當初殺的是清軍，兩種觀點爭論不休。

後來，泰山學者周郢從臺北圖書館找到了清代新泰知縣盧紘的《四照堂文集》，其中有〈張氏二烈士祠記〉，記載了張遇留兄弟的事蹟，並確定了張遇留是抗清英雄，給張遇留洗清了殺害義軍的罪名。

張氏族人得知自己祖上事蹟，歡呼雀躍，奔相走告。隨即從全國各地召集張氏族人回谷里召開了祭祖大會。因我與張氏族人頗有淵源，與周郢作為嘉賓應邀參加張氏家族的祭祖大會。張氏後人興高采烈地講述著有關張遇留的傳說，並說曾經見過張遇留使用過的一把重達八十斤的大刀，只是不知道現在在誰家秘藏。有人說張遇留是民族英雄，民族英雄一詞在當初那個時代可以這樣稱呼，但現在不行。張遇留抗清與岳飛抗金一樣，當初是兩個國家，但現在都屬於中華民族，因而不能像戚繼光那樣稱民族英雄了。

時隔不久，張氏家族集資修建了氣勢雄偉有古典建築風格的祠堂，並續修了族譜。

一個家族

有民謠曰：「鎮里萬家，谷里范家，南鮑蘇家，北鮑朱家」，這四大家族是當地望族。

谷里范家發跡很偶然，相傳范氏八世范貴德年經時外出經商，路過章丘與人發生爭執，被打折了一條腿，在一好心人家養傷好幾個月後，才勉強下地回到家中。由於腿疾不能再外出做生意，就在谷里街開了一家小旅店，勉強維持生計。每當想起使他致殘的人就恨得咬牙切齒。時過多年，旅店住進了一位去東海送麻的客商，范貴德見到此人，覺得有些面熟，問客商是哪兒人，回答說章丘人。范貴德心中一沉，斷定這人正是當年打傷他的仇人。范貴德不動聲色，安排客人住下。到了後院找出一把大刀，霍霍地磨了起來。范夫人看他臉色沉重，問他磨刀緣由。追問再三，范貴德說出實情，想到晚上殺掉仇人，以報當年斷腿之仇。范夫人處事沉穩果斷，把范貴德拉進房內說：「如果你把他殺了，雖然解了心頭之恨，但也是要償命的。你再被官府殺了，我們一家的日子怎麼過呢？」范貴德看到仇人一時氣懵，聽了夫人的話，這才猛醒過來，說：「那也不能便宜了他。」范夫人說：「即使殺了他，你的腿也無法痊癒，不如讓他賠償我們的損失。」范貴德問：「怎麼賠償？」范夫人說：「這事你別管了，我去找他。」

范夫人找到那位客商，把前後經過一說，嚇得那人魂不附體，當即磕頭求饒，范夫人說：「我男人本來是跑生意的人，被你打傷致殘，沒法外出了，只能開這家小旅店為生。事情過了這麼多年，我們也不會把你怎麼樣，你看著補償一下我們的損失吧。」那人聽說可以饒他不死，趕緊致謝：「我年輕時做的孽，已經無法挽回了。我把所帶的一百車麻全給你們，作為我的補償吧。」有了這一百車麻，范家從此發了起來。後來，置地千餘頃，成為當地大戶。范夫人說，我們因為沒有去報仇才有了財富，所以要積德行善才行。因而，范氏家族多有善行，在當地頗有口碑。解放前才逐步敗落，也就應了富不過三代的老話。

從族譜可以看出一個家族的興衰史，往往有功名的連續幾代都有功名，也就說明到了家族的興旺期，往往不會超過五世。這也是教育的問題，一旦有了錢或做了官只注意聚斂財富，而忽視子女的教育問題，致使子女成為不學無術的紈綺子弟，有了這樣的後代，怎麼能守住偌大的家業呢。這不單是一個家族現象，更是一個普遍存在的問題。

喜歡谷里或許與身邊的幾個朋友有關。一位曾在谷里工作幾十年，曾參與編寫該地鄉土教材，對谷里的人文地理稔熟於心。還有一位老家谷里，自幼受家庭薰陶，鄉間習俗了然於胸，多次撰文介紹故鄉風物。他們對谷里的感情頗深，一些谷里的朋友也均由他們介紹認識。與他們一起常常談到谷里的人，谷里的事。耳聞目染，自然更加關注谷里。

漫步月牙河畔，與友人聊著谷里的興衰，歷史畫面重複疊現，大腦神經突然興奮起來，竟然冒出了許多奇怪的念頭，不知這是否就是一種緣，這種緣讓我更深入地走進谷里，解讀谷里。

二〇一〇年三月十五日於秋緣齋

原載二〇一一年第一期《新泰文史》（山東）

朝陽洞紀遊

袁枚曰，書非借不能讀也。借來的書總是要抓緊讀完歸還主人，而自己的書則感到什麼時候讀都可以，致使有些自藏書一直束之高閣。景觀亦是如此，人們千方百計外出遊覽，而身邊的景觀卻往往被忽略。

朝陽洞位於新泰東南二十公里處的一座山上，山本無名，因山有洞遂稱洞山。過去，聽父母講過此洞，上世紀五十年代末，父母在洞山下的盤車溝村教書，閒暇時與同事結伴進洞遊玩，洞內漆黑一片，不知深淺，怕有狼蟲出沒，不敢深入。近年得知朝陽洞已被開發為旅遊景點，以為只是一自然山洞而已，有什麼可看的？外地朋友來訪，我只陪他們遊覽較有名氣的名勝，卻未曾介紹過這處洞穴。

庚寅春日，族侄興明邀余去看朝陽洞。心想，朝陽洞雖無大名，也算一休閒去處，或有可觀之處，遂欣然前往。興明在鎮上工作，家就住在盤車溝，閒暇時吟詩作畫，與世無爭，是當地小有名氣的秀才。興明帶我們來到洞山下，遠遠望去，石階從山下一直通到山頂，頂部有一洞穴，一般的洞穴都在山下或山腰，而此洞卻在海拔五百五十餘米的山頂部懸崖下，不禁令人想到毛澤東的名句：「天生一個仙人洞，無限風光在險峰。」洞口正上方一棵千年野榆樹，枝柯蟠曲，形若虯龍，昂首挺立於山崖石壁之上，守護著洞穴。山下，有幾處正在興建的仿古建築。興明說，那是正在修建朝陽觀。我們沒有從山下臺階登山，在興明的帶領下，車子沿盤山路，一直開到山腰，不能前進了，才停車徒步上山。

興明說，這幾年為了發展旅遊，盤車溝投資數百萬元開發朝陽洞，修了數百級登山臺階，塑建黎山聖母、送子觀音、十大名醫塑像，整修主洞，配套燈光。二〇〇八年朝陽洞被評為國家ＡＡ級景區、山東省最具成長力景區和山東十大影視外景基地。

在朝陽洞牌坊前，稍作休息，見牌坊對聯以及開發朝陽洞碑記均出自興明之手。從牌坊到山洞的臺階更加陡峭，共五十三級。突然想起青雲山的山門臺階也是五十三級，人稱「五十三參」，不知是巧合還是有什麼說法。清代有詩人頌道：「直從山下問層巔，蹬辟崖根不計年。五十三參人附蟻，一餘千尺樹摩天……」

朝陽洞口用大理石砌成拱形洞門，兩旁嵌有門聯：「蘊集靈秀真福地，蒸蔚雲霞好洞天」，亦為興明所撰。洞口兩側的石崖上各有兩個小洞，像山洞的幾扇窗戶，我問興明小洞口是否人工開鑿，興明說是天然的。四個小洞兩旁對稱，真是匪夷所思。

明清時期，洞內設有道觀，供奉黎山聖母、送子觀音、十大名醫，香火旺盛，後破落衰敗，塑像蕩然無存，現有塑像為近年新塑。進入洞內，便聽到潺潺水聲，鐘乳石隨處可見。朝陽洞是一座天然的熔岩洞，洞闊而深，曲而幽，洞內套洞，洞洞相連，窄處僅容人側身通過，其中有雅丹泥洞、水簾洞、金牛洞、白虎洞、九曲迴腸洞、金蟾洞等。主洞東西二百多米，南北近一百米，高處達十餘米。洞深已開發三千餘米。原來沒想到朝陽洞穴竟有如此之大，給人以震撼之感。洞門西側有一大廳百餘平方米，興明說，當地人稱大炕。據《東蒙類氏族譜》載：「咸豐、同治間，長毛賊連年為患，近村多避亂其中，料可容數百人，多至千萬猶綽有餘地……」一九二六年，附近十五個村一千多位百姓，為避土匪，在洞內住了一個多月。抗戰時期，魯中軍區兵工廠曾在這裏當做彈藥庫。

洞裏有仙家勝境、聖母池、神馬送龜、鼇駝三山、仙人靴、藏經屋等上百處景觀。石筍、石花、石雲、石鐘千姿百態。洞穴深處有一母乳石，像一隻豐滿的乳房，有水滴不時從乳頭滴下。山洞頂部凸出一長形條石，像倚天長劍斜插蒼穹，鬼斧神工，令人歎為觀止。藏經屋相傳是黎山聖母存放經書的地方，通過由幾塊巨石疊成的小門，便進入一獨自的小洞穴，出於愛書人的偏好，我對藏經屋特別感興趣，進了藏經屋以圖沾得幾許仙氣。

在洞門西側的小洞石壁上，有兩行石刻：「大明崇禎十六歲次癸丑至十七年歷……」還有兩字已無法辨認。另有一行字記錄了有兩人曾在此處安裝了窗戶。便想，此處光線好，如果安上窗戶，再置一書桌，是一絕佳的讀書去處。

由於朝陽洞剛剛開發，遊人稀少，我們獨自享用了朝陽洞幾個小時，如果遊人摩肩接踵，或許不會有如此好的興致了。日後，有外地友人來訪，我一定帶他來朝陽洞，進藏經屋。

二〇一〇年三月三十日夜於秋緣齋

原載二〇一〇年第二期《新泰文史》（山東）

櫻桃熟了

櫻桃成熟的季節，朋友都就會打電話約我們去他的櫻桃園做客。朋友的老家在一座被載入《詩經》的名山腳下的山村裏，在這個李白曾經隱居的山鄉，家家戶戶種植櫻桃樹。朋友雖住城裏，也回家包了五畝地，搞了一個櫻桃園。

雖叫櫻桃園，卻沒有籬笆牆之類的間隔物。山坡上，依山就勢種滿了櫻桃樹，錯落有致。兩家之間的果樹沒有明顯的界線，除了果園的主人，別人是不好區分哪棵樹是哪家的。櫻桃園處於一種原始的自然狀態，不像一些可供遊客休閒的生態果園，果樹整齊，道路平整，每一處景致都是刻意規劃的。園內的道路崎嶇蜿蜒，不時有樹枝伸到路上，需要不停地抬高樹枝才能通過。一條山溪穿園而過，坐在溪邊的青石上，把腳伸進水裏，櫻桃抬手可及。那感覺美妙極了。

第一次去櫻桃園時，還發生了一件險事。在一個下坡的地方，我只顧看遠處的櫻桃，腳下一滑，一個側空翻栽進了一旁的水坑裏。同行的石靈跳下水把我拉起來時，我的頭上、耳朵、鼻子、嘴巴都是紫泥，用水沖了一下耳朵，才聽到了妻子的驚叫聲。衣服沾滿了泥水，而令人驚奇的是，我沒有半點損傷，而且馬甲左側口袋裏的手機也沒有沾上水。我在小溪裏洗淨了頭和身上的紫泥，還是有點後怕。假若溝裏沒水、假若水裏有石塊或樹枝，後果就不可想像了。感到慶幸的同時也在想或許是祖上積德，才不致受傷。以後每次走到這個地方，就想，即使有特技替身在這個地方也不敢做同樣的動作。那次遇險留下了難忘的記憶。

朋友在櫻桃園裏蓋了幾間房子，作為用餐、休息之處。房子四周種了一些蔬菜，那才是真正的綠色蔬菜，只是自己食用，不施任何化肥、農藥。身處這世外桃源，同伴嘖嘖道，有這麼一處房子好了。這兒確實是讀書、寫作的絕佳去處，但是，在這兒住也只能是短時度假，對於習慣了城市生活的人來說，在這兒住久了也會耐不住寂寞的。

問朋友每畝櫻桃有多少收入。朋友說，管理好了，每畝可收入五萬餘元。由於朋友帶一幫農民工常年在東北三省承包工程，櫻桃園裏只有他年邁的母親管理，朋友也把這兒當做接待友朋的休閒場所，他的果園只是保本而已，因為朋友的心思根本不在這片果園上。

種植櫻桃成了這兒農民的主要經濟來源。據說在附近的一個村子裏有一棵百年櫻桃樹，每年都要結上千斤的櫻桃，樹的主人每年就靠這棵樹生活，因而，這棵樹被當地人稱為「養老樹」。

讀高一時，曾學了一首《幸福不會從天降》的歌兒，其中一句是「櫻桃好吃樹難栽，不下苦功花不開」。那時，不知道櫻桃是個什麼樣子。但記住了櫻桃樹是最難成活的樹。工作後，分到了一套帶小院的平房時，妻子買回了一棵櫻桃樹栽到窗前。第二年，就結了櫻桃。當品嚐著自己的勞動果實時，就想，櫻桃樹並不難栽呀。於是有人說，不是「樹難栽」而是

「熟難摘」。一般果樹在成熟的季節都有人看管，只有櫻桃樹不需要守護。因為，摘櫻桃是很麻煩的一項活計，半天時間也只能摘很少的櫻桃。櫻桃成熟時，每家都會請來一些親戚或者雇人來幫工摘櫻桃。摘櫻桃也有說道，要把櫻桃把兒一塊掐下來，否則，這個地方就不會再結櫻桃。

近年來，櫻桃的品種更新換代，原先的小櫻桃基本淘汰，取而代之的是大櫻桃。大櫻桃分大紫和紅燈兩種，紅燈價格最高，每公斤人民幣三十多元，而小櫻桃每公斤的價格只有兩元左右。大棚櫻桃可提前到春節期間上市，每公斤可達數百元。大櫻桃儲存的時間要比小櫻桃長一些。大櫻桃成熟前，人們先採摘一些小櫻桃，一旦大櫻桃熟了，就顧不上小櫻桃了，那些成熟了的小櫻桃只能作為鳥兒的美食了。

櫻桃讓整個小鎮熱鬧起來，來自天南海北的車輛湧進了小鎮，商賈雲集，遊人如織，不時有統一服飾的驢友組織穿插其中。當地百姓有用三輪車送櫻桃的，有騎摩托車帶櫻桃的，有肩挑的，也有手提的。路旁也擺滿了賣櫻桃攤子。車子在人流、車流中艱難、緩慢地行進，還不時需要下車疏交通。

櫻桃紅了，紅透了山鄉，紅透了小鎮，倘若李白再世，也一定會吟誦出新的詩篇。

二〇一〇年五月三十一日於秋緣齋

原載二〇一〇年六月十二日《汕頭日報》（廣東）

尋夢鳳凰山

友人寫了一部長篇小說，描述了其故鄉鳳凰山下一個小山村裏兩個家族的發展史，時間跨度一百餘年，通過兩個家族的興衰折射出整個社會的變遷。我建議友人不要急於出版，仔細打磨修改。半年後，友人已是數易其稿，小說由二十萬字增加到四十萬字。小說中塑造了一座鳳凰書院，友人想把小說中的書院搬進現實中的鳳凰山。於是不斷地跟我講述鳳凰山的故事，鳳凰山是他的故鄉，誰不感到自己的故鄉美呢？我被他的描述打動了，我說，我們去看看你的鳳凰山吧。

深秋的一個週末，我們驅車前往鳳凰山。到達山下的謝家莊，已是中午時分，便決定先吃飯後上山。村支書熱情接待，一邊吃飯一邊給我們介紹他們的發現。鳳凰山上有一個天然山洞，洞內有石桌、石凳之類的怪石，時常有人進洞探險。他們也決定開發山洞，便派人進洞清理亂石，當村民坐在洞裏休息時，無意中抬頭看到了洞的頂部有一些奇異的文字符號，這些符號似用炭質顏料書於洞頂石壁之上，主洞中書有大字數個，字徑近二十釐米，兩條副洞中還書有相同形狀的文字數個，但字徑相對較小。此外，洞口左側的石壁上還刻有許多文字符號，其中有的文字符號與洞內文字相似。有人認為這些符號疑似商族文字。消息傳出後，一些偽學者輕率地做出結論，一時間搞得撲朔迷離，給這沉寂了數萬年的山洞蒙上了一層神秘的面紗，山洞的開發也停止了。

下午，我們先來到鳳凰山西側的一個山嶺，這兒有一個美麗的名字——青松嶺。山嶺不大，但植被茂密。嶺下有湖，湖中有亭，通向亭子的小路兩側植有垂柳。我們沿著小路來到湖心亭，眺望青松嶺，頓覺心曠神怡。我對友人說：「你不是想建鳳凰書院嗎？你看嶺上那兩座小樓，如果買下來，就是書院的最佳去處。」但買下幾棟別墅談何容易呀，那不是一介書生的財力所能達到的。

帶著遺憾從青松嶺一路東行，來到了鳳凰山的正南方，有一個高大的土台正對著鳳凰山。據說是當年李白等人當年的飲酒台，因而被稱為酒台，下面的村子就叫酒台村。朋友介紹，酒台有兩奇，一是這兒的螃蟹是軟蓋，二是周圍山上的葛針的刺是直的。傳說，在宋代康王趙構領兵在此抗擊北國金兀朮的進攻，聽說李白曾在酒台飲酒，也來到酒臺上飲酒作樂，士兵從酒台下水溝裏抓了一些螃蟹準備給趙構下酒。趙構說，螃蟹的殼太硬了，要是軟的就好了。到底是皇上，金口玉言，話音未落，那螃蟹的殼果真變軟了，用油一炸，鮮美可口。從此，酒台的螃蟹都成了軟蓋。正當趙構飲酒之際，金兀朮從山下發起進攻。趙構慌忙逃命，可山上的葛針倒刺勾住了龍袍，趙構急忙大喊，這葛針的刺怎麼不是直的呢？山上的葛針瞬間都變成直刺。從那以後酒台不但有了軟蓋螃蟹，還有了直刺葛針。傳說雖不可信，但山下有個村子就叫烏珠台，人們說，那是因為金兀朮在此屯兵而得名。上世紀六十年代，烏珠台群眾在打井時發現了一枚人牙化石和一些哺乳動物化石。經過中國科學院古脊椎動物與古人類研究所專家鑒定，是一顆智人牙化石，被定名為烏珠台智人牙化石，這一發現把當地的歷史推遠了五萬年，也使得烏珠台成了遠近聞名的村子。

酒台上面是一塊平地，百姓在此種的豆子已經收穫。酒臺上有一個坍塌的土洞，村民講那是盜洞，有十幾米深。問他被盜墓的挖去了什麼，他說：「這哪裡知道呀，他們什麼時候挖的洞也不知道。」既然有盜洞，就說明被盜墓者勘探過，這酒台也就不是一般的酒台了，或許是過去的祭台或者是諸侯的墓葬。

從這兒向北望去，可以看到鳳凰山的整個輪廓，中間是鳳凰的頭部，東西兩邊是鳳凰張開的翅膀，而且兩邊的翅膀對稱，各個山頭也隨著翅膀的形狀起伏。一隻標準的做展翅飛翔狀的鳳凰。興奮之餘，突然發現左側鳳翅端上被截斷了，出現了一個巨大的缺口。我問，那是怎麼回事？友人說，有人在山上開採石料，把山挖開了。不但破壞了環境，也壞了鳳凰山的風水，這麼美麗的鳳凰山被野蠻地折斷了翅膀，多麼可惜呀。什麼人這麼大膽，竟敢公然劈山採石，難道有關部門不管嗎？

友人的夢想是在鳳凰山的前懷建立鳳凰書院。他為此付出了許多時間和精力，策劃書就幾易其稿，並送呈有關部門，但最主要的是資金問題。現在中國的書院大都是明清遺留下來後來修復的，近年新建的書院中，作家張煒在龍口所建的萬松浦書院是最成功的例子，但是這不是靠個人力量所能完成的，如果沒有政府和財團的支持，這種美好的願望也只能停留在想像之中。鳳凰山有豐厚的文化積澱，有優美靜寂的環境。在這兒建成一座書院，真是文化之福。我對友人說，如果鳳凰書院建成，我可以邀請各地的師友前來講學了。衷心地祝願友人的夢想早日實現！

二〇一〇年十一月一日於秋緣齋

原載二〇一一年第二期《新泰文史》（山東）

小城故事

庚寅盛夏，江蘇興化作家姜曉銘告知，要與畫家鄒昌霖一同前來山東遊覽。與眾多的書友一樣，來山東的第一站自然是秋緣齋。然後再去泰山、曲阜等地。去年我去興化時得到了曉銘等友人的盛情款待，朋友到了新泰，當然不會怠慢了朋友。提前幾天，就做好了接待的準備。

導航儀，把他們導到青島去了

七月三日，收到曉銘訊息，他們一行六人，凌晨五點半出發，大概十一時到達新泰。詩人石靈、朱英謀和作家王玉民在秋緣齋等候迎接曉銘一行。十點鐘，我給曉銘發訊息問：「到臨沂了嗎？」曉銘回訊息說：「已經過日照了。」我問他怎麼走日照，來新泰應該走京滬高速。曉銘說，司機是按導航儀走的。這導航儀也不可信，他們走日照真是南轅北轍了。我讓他們趕緊上日東高速，再轉到京滬高速上來，可他們已經到達膠南市，已經到了青島附近，只好改走濟青高速，他們至少多走了一百五十公里的路程。

為了迎接朋友們的到來，朱英謀還專門送來了一套功夫茶具，本來打算等曉銘到達後再使用這處女壺。他們走偏了路，需要多走幾個小時，我們只好自己享用了。泡上一壺鐵觀音，與石靈、英謀、玉民一邊品茗聊天一邊等候曉銘。

時過中午，訂過房間的飯店老闆打來電話問是否過去。這時曉銘發來訊息，他們的車子沒油了，而他們的位置距離服務區還有二十公里，已給路政打過電話，等待車子前來拖車。真是屋漏偏逢連陰雨，本來就耽誤了時間，偏偏又沒油了。那司機真是天下一絕。我們乾著急沒辦法，只能耐心等待。經過鐵觀音的沖洗，更是飢腸轆轆，趕緊以點心充飢。

直到下午三時，才接到了曉銘即將到達的消息。我們馬上趕到高速路出口迎接曉銘一行。

煎餅，像紙一樣撕著吃

接到曉銘兄一行六人，就直接去了清水灣山莊，這是一家在當地頗有特色的飯店。曉銘帶來了讀初三的兒子子辰，去年我在興化時見過一面，一年不見，又長高了許多。鄒昌霖帶來了他的女兒和外甥女。昌霖給我帶來了兩件珍貴的禮物，一把畫扇，正面是昌霖畫的竹子圖，題跋「竹得此中仙境界，天臺走過石樑橋」，是鄭板橋作品《竹仙圖》的題詩。背面書寫的是鄭板橋的詩〈竹石〉：「咬定青山不放鬆，立根原在破岩中。千磨萬擊還堅勁，任爾東西南北風。」昌霖作品有板橋遺韻，眾人無不叫絕。昌霖還為我製印一枚，正好用於在書上簽名，邊款曰：「庚寅夏　昌霖為阿瀅製」，此印亦為秋緣齋用印之佼佼者。

我把雙方人員一一介紹後，大家入席就餐。南方人吃飯沒有那麼多的講究，不像山東那樣繁瑣。剛倒上酒，鄒昌霖就要開始敬酒，我忙制止，告訴他，現在還沒有到相互敬酒的程度。曉銘有山東人的豪氣，喝酒爽快，來者不拒。昌霖開始說只有四兩酒的家當，不知不覺中半斤酒下肚依然無事。由於下午還安排了旅遊項目，不便再讓酒，便特意上了地方特產——山東煎餅。孩子們問：「這是什麼呀？」我說：「你們看著是不是像紙呀？這就是有名的山東煎餅，是山東人的主食，是用高粱做成的，不知你們是否咬得動。」她們感到稀奇，每人拿了一個煎餅，不是像山東人那樣捲著吃，而是像紙一樣撕著吃。昌霖也沒見過煎餅，他看著剩下的煎餅說：「這幾個我帶回去，讓我愛人嚐一嚐。」我說：「明天我給你帶上幾箱回去。」

在山洞，沾上了滿身的黃泥

朝陽洞是新開發的一處旅遊景點，位於新泰東南二十二公里的洞山上。原來只知道有一處山洞，庚寅初春，我曾前往探洞，在山洞大廳裏突然產生了一種震撼之感。洞窟在海拔五百多米的山頂部，洞窟長度三千餘米，平均高五米，最高處達十米。主洞廳東西二百米，南北一百米，洞中有洞，連環相套，最窄處僅能一人側身通過。洞內流水潺潺，鐘乳石、石筍、石花、石雲、石鐘、石劍千姿百態，共有雅丹泥洞、水簾洞、九曲迴腸洞、九龍溪、疊雲瀑、飛雲渡、藏經屋、中國地圖、山東半島、黎山聖母榻、寶馬送龜、獨佔鰲頭等百餘處景觀。洞內流水潺潺，冬暖夏涼，是休閒旅遊的好去處。我在〈朝陽洞紀游〉一文中說：「日後，有外地友人來訪，我一定帶他來朝陽洞，進藏經屋。」收到曉銘來新泰的訊息後，我就在行程裏首先安排了朝陽洞。

到達洞山時，族侄興明已在山下等候，他參與了朝陽洞開發，包括牌坊對聯、洞口門聯以及整修朝陽洞碑記都是出自興明之手。從山下修到洞口有四百多級臺階，我們直接把車子沿著盤山路開到山腰上，在一平坦處，停好車子，再徒步上山。登上牌坊前的平臺，放眼望去，遠處村莊、農田、山巒盡收眼底，不禁心曠神怡。

時值中伏，是一年中最熱的天氣。然而曉銘他們有福，前一天還是三十八度的桑拿天，而這天氣溫下降了幾度，儘管如此，眾人仍是大汗淋漓。進了洞口，一下子就與洞外相差了十幾度，涼爽極了。

我對洞內的景物都已瞭解，讓導遊小邵帶大家遊覽。我則在洞口與興明聊天。有這麼好的旅遊資源，但沒有很好地利用起來，只是清明前後遊人多些，而且都是當地遊客。平日遊人稀少，投入與產出不成比例。遂建議興明轉告朝陽洞管理部門加大宣傳力度，以吸引外地遊客，增加旅遊收入。

一個小時後，大家回到洞口，見曉銘、昌霖衣服上都是黃泥，知道他們鑽進了小的套洞。第二天，曉銘說：「衣服上的黃泥怎麼也洗不掉。」我說：「這是給你留下了永久的紀念，這樣你對新泰的印象才深刻。」

鄒昌霖，鄭板橋的身後知己

與昌霖因曉銘而相識，曉銘兄曾寄贈一幅鄒昌霖先生的書法作品，本以為是一位老先生的書法作品，當我在興化見到鄒昌霖時，才知道他比我還小兩歲。鄒昌霖擅畫竹，且書法、篆刻皆精。曾為作家賈平凹等許多名家治印。使他名聲遠播是所臨摹的鄭板橋書畫作品，我在興化尋覓鄭板橋的足跡時，看到鄭板橋紀念館、鄭板橋陵園陳列室等地都有鄭板橋的作品，我問陪同的曉銘：「這些作品是否鄭氏真跡？」曉銘笑曰：「這都是昌霖兄的傑作。不光這兒，范縣鄭板橋紀念館、揚州八怪紀念館，所懸掛的板橋書畫都是鄒昌霖臨摹作品。」一些鄭板橋書畫研究專家看了鄒昌霖臨摹的鄭板橋書畫，皆大為讚賞。就連一些書畫作品拍賣會上有時也會出現昌霖臨摹的鄭板橋作品。

臨摹古人作品，即使可以以假亂真也不會超越古人，必須在借鑒的基礎上創新，作品才有生命力。隨著名氣的增大，昌霖不再臨摹鄭板橋作品，而是直書鄒昌霖大名。他的畫竹作品寥寥幾筆，形神具備，再加大段題跋，文化味十足。他說，儘管別人看他的作品還是板橋風格，但還是有變化的，有自己的東西在裏面，他甚至在書畫尺寸上也有意避開板橋所常用的細長條。

昌霖在鄭板橋紀念館工作，接觸過許多鄭氏真跡，只要聽說那兒有鄭板橋作品，他都要千方百計前往拜讀。因而對於鄭板橋作品的鑒賞也有了相當的功力，搭眼一看，就知真假。不知是上蒼的安排還是刻意為之，昌霖的妻子就是鄭板橋的正宗後裔，更加深了昌霖對鄭板橋的親近感。

鄭板橋的身後傳人到了新泰，怎麼也要讓他留下點作品呀。吃過晚飯，我陪昌霖一行到下榻的青雲山莊休息。石靈去敲開了早已關閉的裝裱店門，買來了宣紙、筆墨等。昌霖借著酒力揮毫潑墨，連寫了幾幅書法作品。

本來安排他們到達新泰的第一站是秋緣齋，由於他們在路上耽誤了時間，只好臨時改變行程。第二天，用過早餐，才來到秋緣齋。大家在秋緣齋合影留念，曉銘專門在豐一吟先生題寫的「秋緣齋」匾下留影。趁他們參觀藏書的空檔，我拿出冊頁請昌霖寫字。昌霖說：「寫什麼內容？」我說：「就寫你最拿手的吧！」他說：「那就畫幅畫吧。」本來因為上午的行程緊張，怕時間來不及，因而沒有請他畫畫，他主動畫畫讓我喜出望外。昌霖出手快，很快就畫好了一幅墨竹圖。這時，石靈也裁好了紙，又為石靈畫了一幅蘭草。

在竹溪，探尋李白的足跡

竹溪是當年李白移家東魯，與山東名士孔巢父、韓准、裴政、張叔明、陶沔在徂徠山礤石峪隱居的地方，世人稱之為「竹溪六逸」，張大千曾做《竹溪六逸圖》以記之。李白在

〈送韓准裴政孔巢父還山〉一詩中有「昨宵夢裏還，雲弄竹溪月」之句，便是對這段隱居生活的深情回憶，至今徂徠山仍留有李白的石刻「獨秀峰」。因而，竹溪是當地一大人文景觀。

山路被沖出了道道深溝，看樣子這兒剛剛下過雨，而且是大雨。車子沿著崎嶇的山路小心翼翼地行進，稍有不慎，就會刮了底盤。

由於剛下過大雨，礤石峪裏沒有遊客，六逸堂也是鐵將軍把門，六逸堂原來供奉六位逸士，現在只有李白塑像，大家隔著窗子與李白打過招呼後，就在六逸堂前拍了一些照片。孩子們到了這裏更是興奮，興化有水無山，與這裏感受自然不同。

在那兩顆高大的連體銀杏樹下，看山的老人熱情招呼我們坐下休息。我們十年前來這兒時，他們老兩口就是這個樣子，現在依然如故，我對他們說：「你們在這兒真是神仙般的日子，你們永遠不會老的。」老兩口笑的滿臉都是盛開的菊花。老人指著身邊的年輕人說，這是他的兒子和兒媳，昨晚雨大，他們不放心上山來看看。

礤石峪名人石刻遍布峪中，如「桃源深處」、「徂徠第一」、「湍激」、「玄甫」、「仙閭靈府」、「鶴巢猿窟」等，昌霖對石刻感興趣，對著山峪裏的石刻、碑文連連拍照。李白題刻的「獨秀峰」在較遠的三嶺崮，隔著幾個山頭，大家只能想像著李白當年與大家舉杯邀月、縱酒酣歌的暢快景象。

礤石峪東有一座梁父山，山雖不高，但卻因帝王封禪而名載史冊，古代帝王常常舉行封禪大典，所謂封，就是在泰山頂端築壇以祭天；所謂禪，就是在泰山下小山除地以祭地。

《史記・封禪書》載：「古者封泰山禪梁父者七十二家。」諸葛亮少年時代便隨父生活在梁父山下，因而便有「好為〈梁父吟〉」之說。我告訴昌霖，梁父山上有北齊摩崖石刻《般若波羅蜜經》，上部刻題款：「般若波羅蜜經，經主冠軍將軍梁父縣令王子椿」等字。下部刻經文十四行，每行七個字，字三十釐米。梁父山石刻與泰山經石峪、鄒城鐵山托地的摩崖石刻都是出自北齊書家安道一之手。但由於時間關係，無法再攀梁父山，觀看北齊石刻了，也給他們留下了再來新泰的藉口。

二〇一〇年八月七日於秋緣齋，時值立秋，桑拿天已過，氣溫稍降，天氣清爽，心情亦爽。

原載二〇一〇年總第四卷《泰山書院》（山東）

有朋自遠方來

有朋自遠方來，不亦樂乎！每當朋友來訪我總像過節一樣興奮，當吉林作家王國華告知要來山東的消息後，提前幾天我就準備接待事宜。

庚寅春日，王國華帶著他的兩部新著來到新泰，至此，秋緣齋已收齊了他的全部著作。在秋緣齋稍作休息，我與布衣書人玉民兄陪他去了青雲山。青雲山原名嶅山，「嶅」在《新華字典》只有一個解釋：「嶅陽，地名，在山東新泰。」嶅山不大，但卻有名，《左傳》、《國語》皆有記載。清順治年間，有舉子進京趕考。途經嶅山，至山神廟叩拜許願，若保佑高中，定來重修廟宇，再塑金身。後果中狀元，還連升了三級。為還願他出資重修了山神廟，並新建了三官廟。他因上山祭拜而青雲直上，從此人們便把嶅山改名為青雲山。車子沿著環山路行進著，山上怪石奇異，鬼斧神工。我指著一凸起的石柱，對國華說，你看像不像生殖崇拜物？國華看了拍手叫絕，忙讓司機停車，下車拍照，眾人皆稱在此拍照後便會充滿陽剛之氣。來到山下的青雲湖時，詩人石靈趕了過來，在釣魚臺舊址合影留念。由於天陰，湖面煙霧飄渺，水天一色，彷彿身處蓬萊仙島。我說：「國華上了青雲山，從此可平步青雲了。」

中午，為國華接風洗塵。把國華介紹給朋友們，國華河北燕趙人氏，筆名易水寒，是《讀者》、《意林》、《青年文摘》等雜誌的簽約作家，吉林《城市晚報》副刊部主任，在《南方週末》等六家報社開設專欄。出版有《微笑是一種力量》、《推開虛掩的門》等七部著作。魯人皆好客，接風宴上推杯換盞，高潮迭起。當我說起國華對二人轉頗有研究時，大家都想近距離感受二人轉的魅力，一致要求國華現場表演。國華端起酒杯一飲而盡，清了清嗓子，隨即來了一段原汁原味的二人轉，大家都集中精力聽他演唱，竟然忘了鼓掌，一段唱完，才齊聲喝彩。

這些年，二人轉異常火爆，一個地方劇種被趙本山發揮到了極致，「忽悠」到了全國各地。主要是它與時俱進，不斷地改進、發展，演出時不像其他劇種那樣必須字正腔圓，不敢越雷池半步，二人轉可以隨時吸收新的東西，即興發揮，因而受到觀眾的歡迎，到「寧捨一頓飯，不捨二人轉」的程度。身在東北的王國華對二人轉也是情有獨鍾，他不但喜歡二人轉，和一些二人轉演員也相過從，經常為他們寫二人轉「小帽兒」，他的手機鈴聲也是二人轉，高興的時候就即興演唱一段。一次，他與作家德北等幾位朋友到酒店喝酒，耳熱酒酣之時，他說：「你們稍等，我和德北去賺些下酒菜。」說完，拉著德北進了對面飯店，國華雙目一閉，讓德北牽著手來到了一個桌前，德北說：「這是長春特教學校的學生，過來表演一段二人轉，給各位助興。」國華精彩的演唱得到了陣陣掌聲，幾桌轉了下來，果然賺到了許多酒錢。

國華陸續撰寫了許多關於二人轉的研究文章，《南方週末》為他開設了專欄。去年，他去年曾出版了一部二人轉研究專著《萬人圍著二人轉》，「大忽悠」趙本山題寫了書名，在圖書銷售疲軟的情況下，還是讓讀者眼睛一亮。我寫了篇書評，被幾家報刊轉載，還賺了一些買書銀子。

國華聽說新泰是和聖柳下惠和盜蹠故里，便提出要去柳下惠的老家西柳看看。柳下惠是春秋時期魯國公族大夫，係周朝開國元勳周公旦（姬旦）之後，為姬姓展氏，名獲，字季禽，謚號惠，食邑柳下，因而稱之柳下惠。他生前曾任魯國士師，秉公執法，「三黜不去」。後來的孔子對他推崇備至，孟子稱他為「聖之和者」。當然最出名的還是他「坐懷不亂」的故事，相傳在一個寒夜，柳下惠回城時，城門已關，只好宿於郭門，一女子亦來投宿，柳下惠恐其凍死，解開外衣把她裹在懷裏，同坐一夜，沒發生非禮行為。被譽為「坐懷不亂」的正人君子。柳下惠的和思想正吻合當今提倡的和諧社會，因而備受推崇，西柳一家民營化工企業投資興建了和聖園，並成立了和聖柳下惠研究院，並連續組織了兩屆和聖柳下惠國際學術研討會。國華說，莊子曾說盜蹠是柳下惠的弟弟。這是錯誤的，柳下惠與柳下蹠相差一百多年，怎麼會成為兄弟呢。國華為企業的污染表示擔憂，同時也為企業投資文化事業表示欽佩。相信國華回去不久就會有思想深度的大作問世。

晚上，安排國華下榻榮峰國際飯店，國華讓我留下聊天。我說：「如果你想睡安穩覺，我就回家。不給你賺稿費的機會了。」二〇〇八年，在一個會議上我與國華同住一室，四天的會議，因我的呼嚕他沒有休息好，最後一天他放棄了旅遊項目在賓館睡覺。回家寫了一篇〈呼嚕大戰〉，在《安慶晚報》發表後，被四五家報紙轉載。其實，我也想與他聊天，一年多沒見面了，也有許多想法與他交流，國華又堅持挽留，便住了下來。

我時常給朋友介紹「華北二華」或「華北二才子」，一位是天津羅文華，另一位便是長春王國華。國華善言，思維活躍，講起話來滔滔不絕，與他聊天也使我充滿激情，讀書界趣聞、生活瑣事、個人好惡以及寫作的困惑等等，所聊話題無所不及。國華的勤奮是圈內公認的，每天都有新作，而且十幾年來一直保持這種寫作狀態，靠稿費收入買了兩套房子。

我本來做好與國華徹夜長談的打算，如果我先入睡，國華又會遭罪的。凌晨二時，國華已有睏意，他坐了十幾個小時的火車，尚未休息就登上青雲山，又去了和聖園，肯定累了。便與國華熄燈休息。

早晨醒來，先問國華：「睡著了沒有？」國華說：「睡得很好。一開始你沒有呼嚕，我心裏沒底，等你呼嚕聲響了，我就睡了。」我說：「以後我們在一起，沒有我的呼嚕，你會失眠的。」國華哈哈一笑：「今年成都的會議，我倆還住一個房間。」

用過早餐，與石靈、玉民陪同國華去蓮花山。蓮花山原名新甫山，《詩經》所載「新甫之柏」即此，後因九峰環抱、狀似蓮花而改稱蓮花山。秦始皇封禪泰山，東巡途中曾在此暫住；漢武帝巡幸蓮花山，建離宮、築侯城，亦留下了許多遺跡和傳說。新泰之名亦來自此山，新泰原名平陽，西晉鉅平侯羊祜上表取新甫山和泰山之首字改名新泰。蓮花山是觀音菩薩的北方道場，有「觀音勝境、北方普陀」之美譽。山上有觀音院、梵音亭、觀音閣、太平禪院、雲谷寺等佛教場所。山上有一奇景——天成觀音，由一塊巨大的花崗岩天然風化而成，酷似觀音菩薩結跏趺坐於懸崖上，是蓮花山的標誌性景觀。我曾多次陪同朋友前往遊覽，蓮花山還在投資建設之中，還有許多文化內涵沒有體現出來。

由於國華下午還要趕車去濟寧參加一個筆會，因時間關係沒有登上山頂，準備好的索道票也沒派上用場。匆匆用過午餐，送國華去了車站。並相約秋天成都再晤。

二〇一〇年三月二十日於秋緣齋

原載二〇一〇年總第四卷《泰山書院》（山東）

家學有本豐一吟

與豐一吟先生結識得益於上海社科院的魯迅研究專家陳夢熊先生，陳夢熊先生筆名熊融，是建國後上海灘較早研究魯迅的專家之一，從事魯迅佚文佚事考釋數十載，出版有《〈魯迅全集〉中的人和事》、《文幕與文墓》等著作。二〇〇五年的一天，在電話中聊起我的齋名，他說：「我讓豐一吟給你題寫，我們是一個單位的。」豐一吟是豐子愷的女兒，豐子愷的那幅《人散後，一鉤新月天如水》曾讓我如癡如醉，能請豐一吟先生題寫齋名，真是求之不得。

幾天之後，陳夢熊先生來電話說，已經跟豐一吟說過了，讓我給豐一吟先生打電話，電話打過去，當我報上名字，電話裏就傳來了豐先生爽朗的笑聲，從她的聲音中可以感受到對方的慈祥和豁達。

時過不久，豐一吟先生題寫的有豐子愷書法獨特韻味的「秋緣齋」牌匾便懸掛在了我的書房，外地書友來到秋緣齋都喜歡在豐先生題寫的齋名下拍照。

一次，從濟南舊書市場上淘得一部由豐一吟編的浙江文藝版《豐子愷隨筆精編》，寄給豐一吟先生，請她簽名題跋。很快就收到了豐一吟先生寄回的書，從包裝可以看出豐先生是細心人，她怕書在郵途磨損，先用一特快專遞的硬信封包好，再包外皮，用繩子繫好，又用膠帶纏了幾圈，真可謂萬無一失。豐先生題跋曰：「我喜歡的是《漸》、《大帳薄》和《兩個？》，也喜歡《家》。」她提到的篇名都收錄在《豐子愷隨筆精編》中。豐先生謙虛地說：「我這個人只會死板地模仿，不善創作，一時想不出題什麼好。現在只能寫上我喜歡的篇目。」

豐先生在信中說：「你把書寄給老陳轉，幸虧我們正好去單位聯歡相遇，他給了我。否則還不知幾時才能由他送來我家。我們一年才難得見一二次，只通電話。」信中還說，我寄去的那麼多一式一樣的報紙，她沒有那麼多的人好送，讓我不要再寄那麼多。收到信後，我就納悶，報紙出版後，每位作家只寄一份，沒有她說的那麼多。明明把書寄給她了，她怎麼說寄給陳夢熊了，怎麼回事呢？在我主持的報紙讀書版上曾為陳夢熊先生作過整版的介紹，陳夢熊先生來電話說，寄去的報紙都讓朋友們拿走了，讓我給他再多寄一些去，我讓辦公室人員給他寄去五十份。是不是辦公室郵寄時搞錯了，我馬上給陳夢熊先生打電話問他是否收到報紙，他說，只收到了我寄去的請豐一吟先生簽名的書，已經轉給豐一吟，而沒有收到報紙。我告訴他，報紙寄錯了，寄給豐一吟先生了，讓他派人去取。後來，我才搞清楚，辦公室人員確實把他們二人的郵件地址貼錯了。

二〇〇九年，我主編了《我的中學時代》一書，邀請不同年齡層的作家每人寫一篇回憶中學生活的文章，藉以反映中國不同時期的中學教育狀況。當我向豐一吟先生約稿時，她說，她上初一時患病，後來直接考大學，沒讀過中學，所以沒法寫《我的中學時代》了。我建議她寫一寫那段時間的生活狀況。晚上，收到一條訊息說：「《我的中學時代》最遲何時交稿，我有任務，五月底才結束啊。」由於沒有落款，不知道是誰的訊息，遂問：「請問是哪位？」一會兒又收到訊息說：「啊，我真主觀，我沒有自報姓名，我是豐一吟」。我告訴她，稿子晚點不要緊，這本書一定要等來她的稿子才截止。後來，她寄來了專門為《我的中學時代》撰寫的〈遵義憶舊〉一文，為該書增色不少。

豐一吟先生的漫畫、書法是典型的豐子愷風格。其實豐一吟先生的本行不是漫畫，從上世紀六十年代開始，她就開始從事翻譯工作，歷任上海編譯所、上海人民出版社編譯所譯員，上海社科院文學研究所翻譯、副譯審等職。一九七五年豐子愷去世後，為了弘揚豐子愷書畫藝術，豐一吟先生放下了翻譯工作，開始豐子愷的藝術研究和作品整理，並重執畫筆，臨摹豐子愷的繪畫。漸漸地，她在文學界、漫畫界的名聲就超過了她的本行。

夏日的一天，我接到浙江桐鄉市吳浩然的電話，他說，豐子愷研究會欲辦一份雜誌，豐一吟先生讓他找我問一下，如何辦理雜誌手續。並稱日後舉辦豐子愷研究學術研討會時邀請我參加。

整理豐子愷資料，實際上是一項龐大的工程，豐一吟做了幾十年仍沒有全部完成，將來誰接她的班，繼續發掘研究豐子愷？這時，有人向她推薦了吳浩然。吳浩然是山東濟寧人，在桐鄉做舞臺燈光師，從二〇〇三年開始研究豐子愷的書法和漫畫，經人引薦結識豐一吟後，在豐先生的指點下，吳浩然的書法和漫畫取得了長足的進步。他編撰出版了《豐子愷書法字典》、《豐子愷楊柳畫譜》、《豐子愷書衣掠影》、《緣緣人生——豐子愷畫傳》等八本書，比較全面地介紹了豐子愷的藝術人生。豐一吟高興地說：「學豐子愷漫畫的人中，臨摹的多、畫水彩風景畫的多，而畫黑白人物畫的，尤其是用這種漫畫風格自己創作的，我至今沒有看到過第二人，浩然將是我父親字畫的真正接班人。」豐一吟把他推薦給桐鄉市文化局，被安排到豐子愷故居「緣緣堂」工作。並由吳浩然主編創辦了豐子愷研究雜誌《楊柳風》，已出版兩期。雜誌設有「靜觀人生」、「前塵舊事」、「筆墨情趣」、「舊筆重溫」、「百家爭鳴」、「往事瑣記」、「海外之風」等欄目。內容包括豐子愷生平史料和趣談，豐子愷與兒女，豐子愷與兒童，豐子愷與師友，豐子愷與藝術，豐子愷漫畫、書法、隨筆鑒賞評析，豐子愷研究著作介紹等。

與豐一吟先生結交五六年，只是書信、電話往來，而未見面，朋友邀我全家赴上海看世博，終於有機會拜見豐一吟先生，去上海之前，給豐一吟先生發了訊息，告知八月十七號想去拜訪她，問她是否方便。豐先生馬上回訊息說：「歡迎！我在家的。你住定後，我告訴你我家怎麼走。」在去豐先生家的路上，又收到豐先生訊息：「你大概什麼時候過來？」我回覆：「半小時就到」。

進了豐先生的家，才知道她本來打算今天去看望她的大姐，因我的到來而改變計畫。讓我心裏很是不安。

客廳裏的兩個書櫥基本上都是豐子愷的書，從上世紀三四十年代到現在不下幾百個版本，按年代順序、體裁內容整整齊齊地排列，她的家簡直就是一個豐子愷圖書館。書櫥頂上有一些帶有編號的紙包，我問：「那些帶編號的紙包是您的手稿嗎？」豐先生說：「不是，那些書原來在書櫥裏，後來，爸爸的書越來越多，書櫥被擠佔了，這些書只好都包了起來。」我問她：「您在《我的書房》一書中寫到的手槍柄書房就是這裏嗎？」豐先生說：「是的，我領你進去看看。」說著，推開了一間房門，裏面果然像她文章中描寫的那樣，有一個拐角，像手槍的把手。拐角處置一書桌，她就是在這一狹小的空間裏寫字作畫。

豐先生在我帶去的《豐子愷自敘》、《護生書畫二集》和《豐子愷》上分別簽名鈐章，之後，又贈我一冊她的著作《我和爸爸豐子愷》。豐先生拿出豐子愷研究雜誌《楊柳風》，問我：「你有這份雜誌嗎？」我說：「第一期有了，第二期吳浩然已經給我寄了，還沒收到。」她說：「我再送你一套吧。」她在我帶去的冊頁上題寫了「書是我們時代的生命」，下署「豐一吟　二〇一〇年八月十七日」，鈐「一吟八十後作」朱文印章，豐先生說她特別喜歡這枚印章。

她給我了幾張「豐子愷舊居日月樓」的宣傳名片，上面有日月樓的地址、開放時間等。為了豐子愷的研究，豐一吟先生可謂竭盡全力，在她和家人的努力下，故鄉浙江桐鄉市恢復了豐子愷故居「緣緣堂」。位於上海長樂村九十三號的豐子愷舊居「日月樓」也經過整修對公眾開放。人們都知道「緣緣堂」，但對「日月樓」比較陌生，其實，「日月樓」是豐子愷居住時間最長的地方。「日月樓」是豐家後人出資置換，政府支持修繕，日常維護費用由「豐子愷研究會」籌集。「日月樓」的開放也創造了採用「民辦公助」方式來保護名人故居的模式。

豐一吟先生的書房裏掛著豐子愷的手書：「盛年不重來，一日難再晨。及時當勉勵，歲月不待人。」她珍惜著生命中的分分秒秒，為弘揚豐子愷努力工作著。

二〇一〇年八月二十六日於秋緣齋

原載二〇一〇年十一月二日《人民日報》（北京）

拜訪李濟生

庚寅的夏日，超出了往年的炎熱。人們從世界各地源源不斷地湧入上海，參觀世博會，使得人口密集的上海更加擁擠不堪。每天增加的數十萬客流，人為地提升了上海的氣溫。趁此熱潮，我也加入了觀看世博的行列。去世博園主要是讓孩子去長長見識，感受一下世博會的氣氛。我則希望藉機去看望幾位相交已久的文化老人，李濟生先生便是其中的一位。

李濟生先生是巴金的弟弟，生於一九一七年，筆名紀申、海戈、文慧。曾在郵局和銀行供職。一九四二年入文化生活出版社，一九五四年入公私合營新文藝出版社，任外國文學和現代文學編輯、編審。現為上海文史研究館館員，從事寫作與翻譯多年。有《思緒點滴》、《記巴金及其他》、《一個純潔的靈魂》等多部著作傳世。

當年，我主持著一家報紙的編務，書生辦報，注重副刊，每期報紙都有四個版的副刊，為許多文化老人開設了專欄。每期的報紙都向各地的知名作家、學者寄贈，與李濟生先生的聯繫就是那時建立起來的。

我的《秋緣齋書事》出版時，邀請了六位老先生題簽，封面題簽黃裳，扉頁題簽流沙河，正文分為四輯，分別請了谷林、來新夏、文潔若和李濟生先生題簽。很快就收到了李濟生先生的掛號信，李老隨信寄來七幅題字，李老還在信中謙虛地說：「剛從廣西旅遊歸來，收得來書，匆匆遵命寫上兩字求正，本非書法家，如不合用，棄之於書簍中即可……」能得到李老的墨寶不勝榮幸，哪還有不合用之說呢。

李濟生與巴金兄弟情深意篤，當年巴金與吳朗西等人創辦了文化生活出版社，李濟生辭去了在銀行的職務，加盟出版社，從事出版事業，也從此改變了自己的人生道路。巴金的為人處世也給李濟生留下了終身的榜樣。李老曾在一篇文章中回憶說：「特別是在與他主持的出版社共事的十幾年裏，正當國難臨頭、極為艱苦的年代，出版社累遭厄難，受盡迫害，損失多多……從未見他垂頭喪氣過，總是執著地默默無言，任勞任怨，竭盡全力以赴。那種敬業、愛書、惜書的摯誠熱忱，實在令我感動佩服。」一九八三年六月，巴金當選全國政協副主席。李濟生跟巴金開玩笑說：「老兄，你當了全國政協副主席，如果你家門前設置警衛，要填寫會客單，那我就只好少來看你了。」

李濟生先生在出版界德高望重，時時獎掖扶持後進。後來，我創辦了讀書雜誌《泰山書院》，開設了一個「文人寫泰山」欄目，邀請各地作家、學者題寫泰山二字。李濟生先生隨即題寫「泰山」兩幅，其一題跋道：「去歲金秋有幸遊東嶽，惜年老力衰，未能登頂，止步於南天門之前為憾。李濟生　九十二叟　戊子秋」鈐朱文印章；另一幅題曰：「遊泰山未能登頂不敢言景。九十二叟李濟生　戊子金秋」鈐白文印章。

上海巴金研究會周立民博士欲編一部張煒作品集，想請非專業評論人士寫一篇關於張煒的文章附在書後。李老知道我專藏張煒著作版本，便向周立民推薦了我。

李老對年輕人總是有求必應。去年，我主編《我的中學時代》一書，向他約稿，李老認真撰寫了〈中學生活斷憶〉一文。文章開篇曰：「編者忽發奇思，來函要我寫一篇回憶中學生活的短文，還說已收到某主編的應邀文稿。往事如煙，且到耄耋高齡。記憶力大差，七十多年前的往事真不知打哪兒說起。搜尋既往，有關學生時代生活尚能留存腦海裏的，也只有初中時代的某些片段而已，姑妄記之，未識能中試否？這也是在下為文中的『命題作文』之首例，實以情誼難卻耳。」九旬老人專門為我寫稿，讓我感動，也更堅定了我編好《我的中學時代》一書的信心。

李濟生先生的業思樓一直是我嚮往之所，在去拜訪李老之前，我沒有事先聯繫，我不想過於麻煩他老人家，有緣便可一晤，如果李老不在家，就說明沒有緣分。當我來到打浦路李老寓所，叩開李老房門時，見只有李老和女兒在家，雖然李老已是九十四歲高齡，但精神矍鑠，思維、語言、行動都很敏捷。我的到來李老顯得格外高興，忙讓女兒倒茶。李老的客廳擺設很簡單，沙發對面有兩個書櫥，還有許多書堆在地上。書櫥裏放滿了書，書的外層有巴金的照片及一些小工藝品，這些工藝品中以馬居多，說明了李老的生活情趣。

客廳裏有兩幅書法作品，一是新徽派板畫的主要創始人賴少其書「劍花」二字，跋曰：「六朝人有劍花寒不落句　戊午早春於廬州書奉濟生同志清正」，另一幅是劇作家杜宣書寫的兩首唐詩。

與李老聊了一會兒，隨請李老題字，李老謙虛地說：「我不是書法家呀。」我說：「您給我的信件都是用毛筆寫的，多好呀。」李老說：「那就用毛筆寫吧。」接過冊頁進入他的書房兼臥室，我也跟了進去，見臥室裏有一個舊書櫥，兩張單人床和一張書桌。室內陳設極為簡單。臥室的一角還堆了許多書。老人打開冊頁，認真地寫下了：「有容乃大，無欲則剛。李濟生　歲庚寅　九四老朽」，鈐「李濟生」朱文印章。時近中午，不想過多地打攪李老，便起身告辭。李老送我們到門口，忙請李老留步，我說：「以後有機會再來看您。」

回去的路上，我一直在品味著李老的題詞，李濟生先生與其兄巴金不正是因了他們豁然大度、淡泊守志、清心寡欲的胸懷才得以健康長壽的嗎。

二〇一〇年九月二日於秋緣齋

原載二〇一〇年十一月一日《城市晚報》（吉林）

被需要的魯迅

只要提到魯迅，人們馬上就會聯想到「橫眉冷對千夫指」怒髮衝冠的形象。各種介紹魯迅的文章都只提到他革命的一面，解析他的作品，也都是針砭時弊的「投槍」、「匕首」，即使提到生活瑣事，也是他買書花了多少大洋等等。

庚寅暮春，收到了周海嬰先生寄贈的許廣平著《魯迅回憶錄》，該書是許廣平寫於一九五九年的著作，最早在《新觀察》雜誌連載，一九六一年五月由作家出版社出版，但是經過集體修改出版的，書中的許多內容做了修改，有些是大段的調整，刪掉了當時認為不妥的內容。此次由長江文藝出版社二〇一〇年三月出版的《魯迅回憶錄》，是周海嬰先生按許廣平創作的《魯迅回憶錄》手稿進行編校，還原了作品的本來面目。與作家版《魯迅回憶錄》不同的地方，都做了說明。

或許是受創作年代的影響，這部回憶錄同樣也只是粗略地介紹了魯迅所經歷的一些大事，缺乏細節。讀了該書也無法全面地瞭解魯迅，認識魯迅。魯迅是一位敢說敢為，敢恨敢愛的人。他拒絕了母親強行為他安排的婚姻，大膽的衝破舊禮教的樊籬，勇敢地與小他十幾歲的許廣平結合在一起，在當初那個年代並不是每個人都可以做到的。胡適當初與曹佩聲相愛並同居，當徐志摩為胡適能夠打破舊式婚姻、追求自由戀愛而高呼時，胡適的妻子大吵大鬧，以死相逼，胡適顧及面子，最後屈服了他的小腳太太江東秀。曹佩聲對胡適一片癡情，未曾再嫁，最後在對胡適的苦苦思念中香消玉殞。與胡適相比，魯迅是多麼的勇敢、多麼的浪漫。許廣平為魯迅做傳，對魯迅的感情描寫最有發言權，而《魯迅回憶錄》中對魯迅的感情生活沒有片言隻語，只是在該書的附錄中，在電影《魯迅傳》中飾演許廣平的演員于藍回憶與許廣平的談話中說：「又一次她給魯迅抄稿子，魯迅叫她放下來，看看她手指的紋路，實際是想握著她的手。許大姐感覺到了魯迅對她的愛。她說自己是打破了一切束縛，解放了女性，對於愛情是沒有任何條件的，所以魯迅先生深深愛上了她。」《魯迅回憶錄》創作於上世紀五十年代末，社會需要一個高大全的魯迅形象，許廣平有意避開魯迅的感情世界，也是出於社會的需要，在當時，似乎寫到魯迅的愛情生活，就會玷污了他的形象。

周氏兄弟失和的緣由一直是一樁懸案，在《魯迅回憶錄》裏沒有交代清楚，似乎也是在維護魯迅的形象。魯迅兄弟感情篤深，在日本留學期間合作編譯出版了《域外小說集》，回國後並肩作戰，成為新文學運動健將。在北京八道灣購置房產後，他們生活在一起。後來，一對兄弟成了老死不相往來的冤家，令人費解。魯迅在一九二三年七月十四日的日記中記道：「是夜始改在自室吃飯，自具一肴，此可記也」。到七月十九日「上午啟孟自持信來，後邀欲問之，不至。」周作人在親自送來的一封信的外面寫「魯迅先生」，信裏除了同樣的稱呼以外，開頭寫道：「我昨日才知道……」後面的省略號恰恰是兄弟失和的原因，而書中沒透露書信的內容。當初魯迅每月收入三百塊大洋，周作人二百四十塊大洋，整個大家庭的費用是共同支付的，周作人家人口多，周作人的日本太太花錢更是大手大腳，動不動就車來車往。魯迅曾說「我就想：我用黃包車運來，怎敵得過用汽車帶走呢？」應該說在經濟上周作人是占了大便宜的，如果沒有特殊原因，他們怎麼捨得魯迅這棵搖錢樹呢。當然周作人的日本妻子造謠教唆是最大的原因。魯迅在一九二四年六月十一日回八道灣取書時，他們又爭吵起來，「周作人拿起一尺高的銅香爐，正朝魯迅頭上打去，又經別人搶開，才不致打中」（許廣平《魯迅回憶錄》）。魯迅曾說「周作人時常在孩子大哭於旁而能安然看書的好氣量」，這樣一個人，竟然拿起銅香爐砸向自己的親哥哥，究竟有多大的仇恨呢？此事致使許廣平終生不肯原諒周作人。許廣平在書中寫道：「但現在阿哥又可以賣錢，寫寫阿哥的事情也可以投機，就吮吸死人也可以營養自己的身體了。」此語指周作人在解放後撰寫《魯迅的故家》、《魯迅小說中的人物》等。儘管兄弟形同路人，但魯迅常說：「周作人的文章是可以讀讀的。」「每逢周作人有新作品產生，出版了，他必定託人買來細讀一遍」（許廣平《魯迅回憶錄》）。

與魯迅同時代而倖存於世的作家，大都成了右派、資產階級文人和反動派。當初曾創作出《鳳凰涅槃》、《爐中煤》而傾倒過無數熱血青年的浪漫主義詩人郭沫若，在「文革」中連喪兩子，卻卑躬屈膝地寫下了這樣的詩句：「親愛的江青同志，你是我們學習的好榜樣」、「工農兵學成一體，社會主義不變色。永忠於心中紅太陽，毛主席！」、「四海《通知》遍，文革捲風雲。階級鬥爭綱舉，打倒劉和林。」可悲！可歎！

假若魯迅活著，會是一個什麼樣子？周海嬰先生在其《魯迅與我七十年》一書中講述了這樣一件事，一九五七年，毛主席前往上海小住，依照慣例請幾位老鄉聊天。上海華東師範大學的羅稷南先生也是湖南老友，參加了座談。大家都知道此時正值「反右」，談話的內容必然涉及到對文化人士在運動中處境的估計。羅稷南老先生抽個空隙，向毛主席提出了一個大膽的設想疑問：要是今天魯迅還活著，他可能會怎樣？這是一個懸浮在半空中的大膽的假設，具有潛在的危險性。其他文化界朋友若有同感，絕不敢如此冒昧，羅先生卻直率地講了出來。不料毛主席對此卻十分認真，沉思了片刻，回答：以我的估計，（魯迅）要麼是關在牢裏還是要寫，要麼他識大體不做聲。一個近乎懸念的詢問，得到的竟是如此嚴峻的回答。羅稷南先生頓時驚出一身冷汗，不敢再做聲。毛澤東說的是實話，魯迅如果活到現在，他的遭遇不可想像。

一九三七年十月毛澤東在延安舉行的魯迅逝世一周年紀念會上演講時說，「魯迅在中國的價值，據我看要算是中國的第一等聖人」、「孔夫子是封建社會的聖人，魯迅則是現代中國的聖人」。魯迅一直是被需要的人，在生前，社會需要一位鬥士，去世後，社會又需要一位精神領袖。魯迅去世，對任何人不再構成威脅，早逝使他定格為偉大的人物，因而把他當做文壇上至高無上的神。這一切都是出於社會的需要。

魯迅是極有鮮明個性的作家、思想家。他不僅僅是位鬥士，也是有七情六慾的活生生的人，不能再為了某種需要，繼續神化魯迅，魯迅研究專家應該儘快地撰寫一部有生活趣味的魯迅傳記，讓大家認識一個真實的魯迅。

二〇一〇年五月十七日於秋緣齋

原載二〇一〇年第八期《包商時報》（內蒙古）

與巴金閒談

余生也晚，未能親聆巴金先生謦欬，只能通過他的作品與之交流，去走近他的內心世界。

庚寅秋日，我去拜訪巴金的胞弟李濟生先生回來不久，收到了巴金文學研究會常務副會長周立民博士的郵件，信中說：「曾聞您數次到江南，下次來滬盼打聲招呼呀……」信中有責備之意，我是怕給他添麻煩才沒有告訴他。立民兄隨信寄來了剛剛出版的《與巴金閒談》一書，適逢我欲作晉、陝、豫三省之旅，便把這書帶上，在路上閱讀。外出旅遊帶一冊心儀之書也是我多年的習慣，在探幽訪古、飽覽秀麗山川的同時，亦有書香相伴，這樣的旅行才更有韻味。

《與巴金閒談》是姜德明先生的著作，該書曾於一九九一年一月由文匯出版社初版，二〇一〇年七月由巴金研究會策劃，作為「巴金研究叢書（甲編）」之一，由香港文匯出版社再版，限量印刷一千冊，每冊都有編號。

《與巴金閒談》初版本只有一百多頁，再版時增加了姜德明先生一九九六年十月到杭州見巴金後寫的〈又訪西子〉及〈走近巴金〉等九篇，同時增加了「巴金致姜德明書信手跡（圖版）」和「姜德明藏巴金部分著譯（圖版）」兩部分，使該書增至二百多頁。附錄中彩印的巴金書信手跡和巴金著譯書影更增加了該書的價值。

姜德明每次出差到上海，巴金每次到北京開會，姜德明都要去看望巴金先生，兩人見面除了代老朋友相互問候外，所談內容全是關於書的話題，許多談話都具史料價值。一九七九年四月十二日，姜德明去賓館看望到北京開會的巴金。談到巴金主持的上海文化生活出版社曾為蕭紅印的幾本書——《商市街》、《橋》、《牛車上》。巴金說：「蕭紅的《商市街》是魯迅先生介紹給我出版的。以後我同蕭紅認識了，又陸續給她出版了兩本書。」姜德明問他，抗戰開始後，他同茅盾合編的《烽火》為什麼後來茅盾不編，只作了發行人。巴金說，在廣州出版《烽火》的時候，茅盾去了香港，因此由巴金一個人來編。「當時辦理雜誌登記時，需要有個發行人，我便找茅盾要了一張照片，由他當發行人，我當主編。我編刊物還是跟茅盾學的，因為他有經驗，板式也畫得很工整。」

一次談到書的印裝問題，巴金說：「現在的書都運到縣裏的農村小廠去裝訂，技術水平不高，包括我們的設計，裝幀水平，同世界水平相比還有距離。再就是太慢，當年我們辦文化生活出版社時也沒有自己的印刷工廠，半個月就可以出一本書。那時有的書稿是靳以看過交給我的，反正大部分稿子在發表時我也都看過了，也用不著像現在似的二審、三審，所以辦一個出版社也就用不著那麼多人了。我還兼作校對。當然，現在情況不一樣，那時寫東西的人不多，書也少。包括北新書局和上海雜誌出版公司也都沒有自己的工廠，還是出了不少好書。」

姜德明在上海淘到好書也總是帶到巴金家裏請他過目，當姜德明把剛買到的一九三七年二月文化生活出版社出版，麗尼譯的屠格涅夫小說《貴族之家》讓巴金看時，巴金說：「這種精裝本只印了兩種，還有一本是屠格涅夫的《羅亭》，陸蠡譯的。包括《貴族之家》都是黃源編的『譯文叢書』當中的一種，也是『屠格涅夫選集』的頭一種。我還給這套書寫了書刊廣告。」

姜德明每次去看望巴金都能得到巴金的贈書，一九四九後，巴金先生的書印數都很大，動輒數萬或幾十萬，在一次聊天中，巴金告訴姜德明，他三十年代自費出版的一本叫《過去》的書，印數少得不可思議，只印了四十幾本，贈送朋友，該書收錄了一些外國革命家的照片，有巴金寫的介紹式的評論文字，姜德明這樣的收藏大家也沒聽說過該書，巴金原來自己收藏的一冊也在「文革」中自動銷毀了，只剩下了一張錢君匋畫的封面。

他們每次聊天都會引出一個經典的故事。一九八二年六月十八日，姜德明與黃裳一道去看望巴金，三位愛書人聊天，一定是精彩的。聊得興起，巴金起身到樓上找出了一本周作人的書《藥味集》給他們看，黃裳接過一看，說：「這是我的書麼！還有我的簽名，連同周作人當年在南京老虎橋監獄給我寫的這張鋼筆字的詩亦在。」當時，黃裳是上海《文匯報》駐南京的記者，曾去監獄採訪過正在坐牢的周作人。五十年代末，黃裳運交華蓋，曾賣書換糧，維持生命。真是太巧了，巴金回憶說，一九六四年前後，他讓上海舊書店的人為他找一些周作人在敵偽時期出的書，不久書店給他送來一捆，放在一個角落裏始終沒有打開。「文革」開始後，這些書就地封存了。巴金說：「好了，現在真正物歸原主了。」談到這段經歷，姜德明在文章中寫道：「黃裳翻開著這本失而復得的書，我想他可以為此寫篇書話了。」

巴金每有新著出版，都給姜德明寄去一冊，而且都是自己包裝郵寄。到了晚年寄書就感到吃力了，一九八〇年七月十七日給姜德明的信中說：「您喜歡書，我有些書送給您，但現在精神不大好，包書又費力，只好等秋涼後再說了。您缺什麼不妨告訴我。」一九八八年一月十六日致姜德明：「前天寄上一本隨想錄的合訂本，希望它早日送到您的面前，收到和寄出這樣一本書，不是容易的事。我真是費了九牛二虎之力。」一九九二年三月十四日給姜德明的信中寫道：「我的書您還缺什麼？我希望一兩年內能為您的藏書盡一點力，給您的收藏補充一些什麼。我的時間不多了。」看了這段讓人心酸的話，突然想起一件往事，前幾年我在與文潔若先生通話時，我說淘到了一些蕭乾和她的書，等以後去北京時請她簽名。她說：「你給我寄過來吧，我簽名後給你寄回去。」當時只顧高興了，也沒考慮就把書寄去了。不久收到了文潔若寄回的簽名本，除了我寄去的書外還贈了幾本，有十幾冊。突然想到文先生就一人在北京，家裏也沒有保姆，以八十的高齡抱著書到郵局寄書，我心裏不安了很長時間。

巴金在一九八八年七月二十二日寫給姜德明的信中說：「沈家小虎找到了我四十年代寫給沈從文的三封信，給我寄了來……」我讀《與巴金閒談》這本書，亦彷彿坐在巴金與姜德明面前，與兩位文化前輩閒談，聆聽他們的教誨。讀這三封信我彷彿站在從文面前同他長談。

二〇一〇年十月十三日二十三時於河南三門峽賓館二一一四室

原載二〇一〇年第五期《點滴》（上海）

為書籍的一生

前幾天，友人來電話告知，范用先生不行了，他自知大限將至，自己不吃不喝，等待著上帝的召喚。得知消息，不盡黯然神傷。幾天後，先生遽歸道山。

范用先生是江蘇鎮江人。曾任讀書出版社桂林、重慶分社經理，生活•讀書•新知三聯書店出版部主任。一九四九年後，歷任中宣部出版委員會科長，中央人民政府出版總署出版局副主任，人民出版社副總編輯、副社長，生活•讀書•新知三聯書店總經理。著有《我愛穆源》、《泥土腳印》、《泥土腳印》續編。

范用的一生是為書而生的，他十六歲進入出版業，退休後，仍然為出版社組稿、編稿。有人問他為什麼選擇出版業？他說：「不是我選擇了出版這一行，是讀書生活出版社收留了我。也可以說，我是為了讀書才選擇了出版這一行的。」

范用先生先後主持出版了《隨想錄》、《牛棚日記》、《傅雷家書》等一大批在全國產出廣泛影響的著作。范用先生有三多：書多，酒多，朋友多。朱光潛、冰心、巴金、葉聖陶、沈從文、汪曾祺、夏衍、葉淺予、施蟄存、柯靈、啟功、吳祖光、新鳳霞、黃苗子、郁風、楊憲益、王世襄、丁聰、黃永玉等都是范用的好友。范用的辦公室裏時常高朋滿座，夏衍說：「范用哪裡是在做出版社，他是在交朋友。」范用說：「夏公啊，我交朋友是為了出好書。」

巴金先生當年在香港《大公報》開專欄撰寫《隨想錄》系列文章，編輯在沒有徵得巴金同意的情況下，擅自刪改了〈懷念魯迅先生〉一文，巴金馬上給報社寫信抗議：「刪改我懷念魯迅先生的文章，似乎太不『明智』，魯迅先生要是『有知』，一定會寫一篇雜感來『表揚』他。我的文章並非不可刪改，但總得徵求我的同意吧。」范用得知香港刪改巴金的文章時，對巴金說：「你把《隨想錄》拿到北京來，我給你出版，我一個字都不改！」范用親自為《隨想錄》設計封面，又調撥了一批原用於印《毛澤東選集》的紙張印《隨想錄》。書出版後，巴金很滿意，稱「真是第一流的紙張，第一流的裝幀！是你們用輝煌的燈火把我這部多災多難的小書引進『文明』書市的。」

曾經感動了無數讀者，發行了幾百萬冊的《傅雷家書》的出版也經歷了一番挫折，當時，傅聰背有「叛國」罪名，范用先生為了出版該書，千方百計地找到了胡耀邦的一個批示：「請傅聰回來講學。」范用說：「傅聰回來講課都沒有問題，出書也是沒有問題的。」因了范用的執著，《傅雷家書》終於順利出版。

《讀書》雜誌的創辦，范用先生更是功不可沒。當時，人們受左的思想影響嚴重，辦一份雜誌要承擔很大的風險，范用先生便提出來由他擔任總經理的三聯書店來辦《讀書》雜誌，人民出版社讓他立了軍令狀：萬一出了問題，責任全部由他一人承擔。

范用先生的封面設計也值得一說，范用先生設計的書衣有書卷氣、簡潔樸素、高雅大方。上世紀八十年代，三聯書店大量出版人文社科類圖書，在全國造成深遠影響，像巴金的《隨想錄》、楊絳的《幹校六記》、姜德明的《北京乎》、葉靈鳳的《讀書隨筆》，還有《西諦書話》、《編輯憶舊》、《柯靈雜文集》、《胡風雜文集》等，這些書的裝幀大多出於范用先生之手。二〇〇七年，三聯書店出版的《葉雨書衣》，收錄了范用先生七十多種圖書裝幀設計作品，可謂范用先生的代表作。葉雨是范用先生的筆名，自謙「業餘」之意也。但范用先生的設計絕不是業餘水平，他的裝幀設計與張守義同樣受到讀者的喜愛。

范用先生曾責編過俄國出版家綏青的回憶錄《為書籍的一生》，並親自為這部書設計了封面，其實，范用先生何嘗不是為書籍的一生呢？

二〇一〇年九月十八日於秋緣齋

原載二〇一〇年九月二十日《城市晚報》（吉林）

岱下嫏嬛

知堂先生在《書房一角・序》中寫道：「從前有人說過，自己的書齋不可給人家看見，因為這是危險的事，怕給看去了自己的心思。這話頗有幾分道理的，一個人做文章，說好聽話，都並不難，只一看他所讀的書，至少便掂出一點斤兩來了。」隨著時代的變遷，人們不再有這種狹隘意識，董寧文主編的《我的書房》收錄了六十多位文化名流介紹自己書房的文章。書房不再是私密之處，成為書人讀書寫作乃至會客的重要場所。我的書房也曾接待了天南海北許多師友的來訪。我也曾造訪了姜德明、劉宗武、伍立楊等許多名家書房，每次外出拜訪總有收穫。

己丑冬日，編完一期雜誌，終於有了幾天空閒時間，給泰山學院田承良教授打電話，要去參觀他的書房，他爽快地答應了，便約兩位書蟲一道去了泰安，也了卻了我多年的一個心願。

田承良曾在我所棲身小城的一家中學任職，相互之間雖有耳聞，但不相識。二〇〇二年，我主編的《心靈牧歌》一書收錄了他的一篇散文，此後便熟悉了。當時知道他藏書頗豐，說過多次要去看看他的書房，但由於各自忙碌，一直未能如願。後來，他離開小城，到泰山學院任教，見面的機會更少了。丙戌年末，泰山學院中文系成立了當代文學研究所，選擇了部分本地作家的作品作為研究課題，為此，他寫了論文《阿瀅的書香人生》，發表在二〇〇七年第二期《泰山學院學報》。論文發出後，許多朋友打來電話說，田承良真把你的作品研究透了。後來，這篇論文收入了他出版的《泰安當代文學史論》一書。

到達泰安時，他已在宿舍院門口等候，看到站在寒風裏的他，心裏萌生一種感動。隨他上了四樓，逼仄的客廳就坐滿了。田教授說，他的書已經搬到新家，由於暫時沒有供暖，還沒過去居住。客廳的顯眼處有一泰山石，田夫人說是她買來的，談起石頭喜形於色。他們夫妻一個愛書，一個愛石，著實有趣。

品過幾杯龍井，田教授帶我們去他的新家。路上，嫂夫人隔著車窗，老遠就說看到了一個賣石頭的攤子。她興奮的樣子，像我們看到書攤一樣。

新宿舍樓緊鄰泰山，只有十幾米。樓後面的山石被削鑿出很大的一片崖壁，這片崖壁如果做石刻一定很漂亮。背靠泰山，前面有湖，雖不懂「左青龍，右白虎，前朱雀，後玄武」之說，但感覺這是住宅的最佳去處。新房子一百四十多平方米，客廳裏有一大塊泰山墨玉，嫂夫人說，這是她花八百元買來的，而現在泰山玉都按每斤三十元賣了。

書房裏除了窗戶和門，四周全部是直接固定在牆壁上的書櫥。在另一間臥室裏，書櫥也占了一面牆，放的都是大部頭資料類書。我指著客廳裏沙發後的一面牆說，這兒也可以做上書櫥，嫂夫人說，如果書房放不下了，就在這兒做上一排書櫥。她一會兒給我們端水，一會兒為我們拍照，被她的熱情所感染，似乎是在自己的書房，沒有一點生疏的感覺。

田承良的書大都是現當代文學作品，分門別類地放著，在泰安作家作品專架上看到了我的幾部書。五六十年代文學作品的初版本都用塑膠袋封著，很多書不止一個版本。還有幾套樣板戲與文革中的系列書以及歷屆獲茅盾文學獎、魯迅文學獎的作品。小說、散文、詩歌、電影、戲劇都是按系列排放。他從書櫥中拿出那些寶貝們，給我們介紹這些書來自北京潘家園、報國寺、琉璃廠，南京夫子廟，天津南開文化宮，揚州古籍書店，濟南中山公園，泰山文化廣場……還有一些是從網上淘來的。他指著一套幾十本的《中國新文藝大系》說，這套書配了好多年還差幾本沒有配齊，花去了他許多銀子了。

他拿出《新文學史料》創刊號對我說：「你是不是從泰山古舊書店買過一批《新文學史料》？」我說：「是呀。」他說：「那次，你剛走，我就去了。老闆說《新文學史料》都被你買走了。如果你不買就是我的了。」

在一個書櫥下面還藏有許多連環畫，對連環畫我不陌生，因為我是看著連環畫長大的，自己小時候看的連環畫都保留了下來，準備給孩子看，可孩子根本不看這些連環畫，而他們更喜歡大人讀不懂的卡通書。田承良拿出一冊《東平湖的鳥聲》給我看，這是泰安所屬的東平縣文聯翻印的一冊連環畫，是一部反映東平人民堅持在東平湖地區進行艱苦卓絕地抗日戰爭的連環畫作品。原全國人大常委會委員長萬里即是在這裏參加革命工作，並在東平湖一帶領導抗日鬥爭。《東平湖的鳥聲》是根據詩人雁翼的長篇敘事詩由劉端繪畫。田承良說，他有原版的《東平湖的鳥聲》，邊說邊找了出來，是一九六三年人民美術出版社的初版本，一九七一年重印。

看到書櫥裏有一冊《晦庵書話》，我說，湖州的朋友剛給我寄來一冊。他打開櫥門又拿出了更早的版本《書話》。我說：「你藏了這麼多寶貝，不寫書話實在太可惜了。」他買書一半是自己興趣，另一半是為了教學。他說，現在的大學教材中的錯誤很多，編教材的很少看原版書。說到這兒，我突然想起了龔明德，龔明德教學用的資料很多是來自自己的藏書。田承良說，近兩年，他輔導的一些學生參加現當代文學研究生考試，都要領到家裏來，看看這些原版書，增加一些感性認識。

由於室內沒有供暖，廚房菜盆裏的水凍成了冰疙瘩。然而我們卻沒有感到絲毫的寒冷，完全沉浸到田承良一個個的淘書故事中去了。看過他的藏書後，這才發覺他這嫏嬛福地沒有齋名。田承良說，書齋名要好好琢磨琢磨。其實，齋名是次要的，關鍵是書的真實。姜德明先生也沒有齋名，而中國新文學版本的收藏有誰能超過他呢？田承良的書房背靠有幾千年文化積澱的泰山，他不但汲取著書籍的營養，同時還深受著泰山文化的滋潤。有無齋名又有什麼關係呢？

二〇一〇年一月十八日於秋緣齋

原載二〇一〇年二月五日《中國新聞出版報》（北京）

嶺南讀書聲

面對滿室的書籍，常有一種負罪感，因忙於生計，書總是買得多，讀得少。往往讀完一本，又有數冊湧入。書人之愛書猶如商人愛財，沒有滿足的時候。當收到周春的散文隨筆集《風雨讀書聲》後，只選讀了部分感興趣的文章。時隔半年，才在假期中讀完了這本書。

《風雨讀書聲》分為五輯：「激濁揚清」係言論文章，多與文娛有關；「閒情逸致」，是散文隨筆；「書裏紀事」，敘淘書、讀書之樂；「評書品人」，為書評文字；「新聞絮語」，是對新聞的觀察與思考。從該書的目錄中可看出作者的職業與愛好，第一輯與第五輯為報人周春採編生涯之收穫，其他幾輯則講述了書人周春的訪書、讀書、藏書之樂。

周春任職於嶺南一家報社，筆名周老泉。當初，他以老泉之名與我聯繫時，還以為是位老報人，後來才知老泉是八〇後。在書中有一篇專門講述筆名來歷的文章，說其父名泉，取「泉之子」意，為避免「犬子」的諧音，便取名「周子泉」。步入「蘇老泉，二十七，始發憤，讀書籍」的年紀後，又更名周老泉。其實，老泉兄並不是從二十七才開始發憤讀書的，讀中學時開始在《兒童文學》、《中學時代》發表作品，就可以「出賣文章為買書」了。

讀老泉的書，時常發出會心的笑聲，因為他的許多經歷、想法與我有相似之處。我每次外出，訪書是重要的日程。老泉到香港後，同行者去遊覽，而他則拿著導遊書，到處去尋找師友們在書中多次提到的香港舊書店，由於人地生疏，竟然沒有找到書店蹤影。香港是寸土寸金的地方，沿街房租高昂，舊書店根本租不起沿街的門市，一般都設在小胡同的樓上，導遊圖上都是商場、酒店、娛樂中心等，而不會標注舊書店的位置的。作為一個初來乍到者，沒有熟人的引導是不得其門徑的。

老泉說：「男人買書與女人買衣相似，砍價的目的也許並不在價，其實已偏於砍價本身的樂趣了。」他講了一個故事，詩人余地看中一本書，店主要價四元，還價三元，對方不肯賣，余地掉頭就走了，第二次去，對方仍要四元。到了第三次，余地才到店門口，店主就說：「三塊就三塊吧！」這樣雖然獲得了一種樂趣，有了一種小小的勝利感。但對淘書者來說，這樣做是很危險的。有許多淘書者在討價還價而達不到要求時佯裝離開，當再回來講價時，書已落入別人之手，於是便懊悔不已。這種事不只在一位淘書者身上發生過。我每次看到心儀之書是不肯放手的，先把書拿到手裏再與店主講價，稍有遲緩就會被別人捷足先登。

在舊書市場訪書，並不是每次都有收穫的，老泉在一次淘書中沒有收穫，又不甘心離去，後來，見到毛尖的《非常罪，非常美》，其中的文章大都在《萬象》雜誌中讀過，看到它們都在一個集子裏集結，如故友重逢，便抱著小偷「入門不空手」的心態，把書買了下來。「賊不空手」這個比喻讓人忍俊不禁。我在北京潘家園也有如此境遇，逛遍了整個市場的舊書攤沒有遇到心儀之書，後來想，既然到了潘家園，怎麼也不能空手而歸呀，於是再逛一遍，終於發現了一部精裝本《錢鍾書傳》，典型的一例「賊不空手」。

孫犁先生生前愛書至深，把自己的書都用廢紙包上書皮，然後再在書皮上寫上關於該書的一段文字，由此創造了一種新的文體——「書衣文」。許多朋友像山西的楊棟、山東的柴林濤等都效仿孫犁先生為書題寫短跋，不過不是寫在書衣上，因為把書包的花花綠綠放進書櫥確實不好看，而是寫在書的扉頁上。周老泉也喜歡作書扉文錄，這些文字雖短，但文采飛揚，飽含哲理，讓人過目不忘。

周老泉居嶺南繁華之地，不為喧囂的市聲所動，過著行則進書肆，臥對半床書的簡樸充實的生活，保持著讀書「是吾輩常事」的高貴習慣。是何等的逍遙、灑脫……

二〇一〇年二月十一日己丑除夕前兩日於秋緣齋，窗下公園被大雪覆蓋，一片銀白，柿樹上的紅燈籠更顯喜慶之色。

原載二〇一〇年二月二十六日《中國新聞出版報》（北京）

科爾沁草原一書燈

過去有充足的時間時無書可讀，現在書越來越多了，卻苦於沒有讀書的時間，許多好書只好束之高閣。葛筱強的《夢柳齋集》寄來有些日子了，一直沒有仔細翻閱，直到筱強的第二本書寄來時，才猛然覺得再不去通讀一遍，真有些對不住筱強兄了。

《夢柳齋集》是筱強兄的散文隨筆集，臺灣秀威公司出版，其中大部分文章我都在筱強博客陸續讀過，個別的文章是發表在我主持的報紙上，因而讀來備感親切。從這部集子中可以看出作者的兩個身份，一個身份是詩人，他從初中時期開始寫詩，十六歲在《白城日報》發表第一首詩歌，十七歲參加河南《大河》詩刊舉辦的「第二屆黃河杯詩歌大獎賽」獲得「中學生獎」。後來陸續在《詩刊》、《芳草》、《綠風》等雜誌發表詩作，至今仍是一位忠於繆斯的苦行者；他的另一個身份是愛書人，他結識了龔明德、王稼句、徐雁、伍立楊等全國一大批知名作家、學者。他到城市去治療胃疾，卻把藥費全部扔給了書店，帶回了一大包書，或許那些書就是他的良藥。因而，整本書中所述及的人物也是這兩部分人。

《農夫筆記》系列是筱強文集中最出色的文字，他寫《浩蕩的鴉群》、《垂柳下的家》、《雨後的天空》、《秋天的車輪》、《早晨的聲音》……他寫《麻雀》、《小山鼠》、《黃榆》……單是題目就可使人陶醉。讀這組文字時，突然使我聯想到張煒先生的作品，張煒作品中都帶有濃厚的田野情節，筱強這組文字可與之媲美了。讓我們一塊欣賞一下筱強的文字之美吧：

暮秋的田野一派遼闊、空曠，生長過莊稼的土地現在騰出身來餵養安詳、寧靜的羊群。在幾乎落光了葉子的楊樹上，棲落著幾隻喜鵲，偶爾發出透著涼意的鳴叫。

看過這段文字，眼前便會浮現出一幅寧靜的暮秋油畫，使人生出淡淡的惆悵。

筱強生活在位於科爾沁草原東陲的吉林省通榆縣。俗話說「組織部裏走一圈，出來大小都是官」，他在組織部工作，卻「不思進取」，根本不考慮如何在仕途升遷。他讀《弘一大師年譜》，得知大師自號為「二一老人」，此號由古詩「一事無成人漸老」和吳梅村的絕命詞「一錢不值何消說」句化來，便覺「謦欬在側，醍醐灌頂，悚然自警，立斷了車馬功名之念。」在有些人看來，筱強沉迷於詩書，失去的太多太多，而筱強看重的卻不是這些。他在博客中時常透露出一些訊息，每日案牘勞形，要做許多不情願做的事，說許多違心的話，這對於一個詩人、一個愛書人來說，大抵為一種精神折磨。與筱強相比，自認為還是幸運的，因為我的工作、交往及生活中的一切都與自己的興趣有關，像王稼句所說的：「不必朝九晚五地到班，不必為公家的事瞎三瞎四地開會，不相見的人可以不見，不想說的話可以不說，不該喝的酒當然也可以不喝，這都由著自己。」而筱強則是「人在江湖，身不由己」，於是便無端的生出許多煩惱。

愛書人之心是相同的，愛書人之間像是一根無形的線牽著，只要機緣合適，便可相知相識。筱強在〈一脈書香出潛廬〉中寫道：「在淄博袁濱君的引薦下，我與身處泉城的徐明祥君互通短札並電話閒敘藏書與讀書之樂。」而我與筱強的相識也說來有趣，二〇〇五年，濟南書人徐明祥寄來一文，就是這篇〈一脈書香出潛廬〉，是筱強為明祥寫的書評。在我主持的報紙副刊上發表後，明祥把樣報寄給了筱強，筱強又寄來了給袁濱的《草雲集》寫的書評，通過千里之外的筱強，使我認識了近在咫尺的袁濱，進而成為好友。全國的書香地圖就是這樣繪成的。

自古江南重讀書，北方重農耕。而今，各地都有一批純正的讀書種子，葛筱強便是堅守在科爾沁草原的一盞書燈，他書卷在手，用書香暖心，過著真正富足的清貧生活。我相信，無論是在孤寂貧寒的歲月裏，還是在燈紅酒綠的市聲中，那盞書燈將依然閃爍！

二〇一〇年十月一日於瑞泉堂，

時值中華人民共和國建國六十一周年國慶，

隻身躲進瑞泉堂，筆耕此文，多年不用鋼筆，竟然生疏了許多。

原載二〇一〇年十月二十日《贛南日報》（江西）

出版，文化才是目的

「出版，經濟只是手段，文化才是目的」。這是中國出版界前輩劉杲所倡導的出版理念。他認為，出版產業對社會的最大貢獻是文化。傳播和積累文化是出版產業的天職，歷來如此。這是出版產業的社會價值所在。如果不能很好地發揮傳播和積累文化的社會功能，出版產業還有存在的必要嗎？

在出版業低迷的今天，除了暢銷書大行其道之外，人文類讀物出版難是一個普遍的現象，然而，此時，臺灣秀威資訊科技公司卻連續推出了許多大陸作家作品，在大陸引起了反響。大陸與臺灣相比有著難以想像的強大市場，而臺灣只是彈丸之地，為什麼大陸出版社怕虧本而不願出版的作品，在臺灣卻能順利出版，不能不引發人們的思考。

秀威公司是臺灣第一家全程採用數位短版雷射技術出版書籍的出版公司。從二〇〇四年開始出版大陸學者的學術著作。二〇〇六年，作家蔡登山出任秀威公司主編後，就開始籌畫一套《世紀映像》書系，結合兩岸三地的文史作者，到目前已出版六十二本，並且一直在繼續出版下去，這套書是左圖右史的圖文書，內容都是精選，每本書並配合上百張圖片。出版後反響很大，有些書已陸續由廣西師大出版社、上海文匯出版社、青島出版社等單位引進大陸出版。

秀威公司出版的「認識大陸作家」系列都是人文類著作，現已出版了近百位大陸作家的作品。其中有朱金順的《打開塵封的書箱》、謝泳的《何故亂翻書》、劉緒源的《解讀周作人》、王國華的《學林碎話》、朱航滿的《遙遠的完美——現當代文人素描》、黃岳年的《書蠹生活》、王成玉的《書事六記》、桑農的《開卷有緣》、曾紀鑫的《蕭何落難——曾紀鑫戲劇作品選》、葛筱強的《夢柳齋集》、林偉光的《南方的笑貌音容》、龔明德的《昨日書香》、朱曉劍的《寫在書邊上》、王立的《邂逅——曾經的悅讀》、眉睫的《朗山筆記》、郭飛雲的《從渺小到被絆倒——雪堂讀書筆記》、謝其章的《都門讀書記往》……這些作者基本都是我熟悉的師友。

我的三部書也有幸被列入「認識大陸作家」系列，在臺灣陸續出版。在大陸出本書都很難，在臺灣出書更是以前不敢想像的事情。二〇〇九年，我的一部書稿《九月書窗》在大陸幾家出版社遊走，有些出版社都已談好版稅，最終還是因擔心市場問題，而被擱淺。這是一部書話集，也是人們常說的「小眾讀物」。全書由三部分組成，「書人書事」鉤沉往事，記述了梁實秋、邵洵美、林語堂等上世紀二三十年代作家的逸聞趣事，以及與谷林、文潔若、姜德明、苗得雨、張煒、王稼句等師友的交往；「書林漫步」記錄了在書海暢遊中自己的所感所悟；「書香人生」則是我近年來的淘書、讀書生活實錄。後來浙江一位作家把該書介紹給臺灣出版家蔡登山先生，蔡先生看過書稿後馬上拍板，於二〇〇九年十二月出版了該書；《尋找精神家園》是我在臺灣秀威公司出版的第二部書，二〇一〇年一月出版，該書曾出過大陸版，也是一部以書為主線的作品集；《放牧心靈》於二〇一〇年七月出版，內容有三部分：「屐痕處處」，是外出行旅實錄。去揚州訪問朱自清故居，到連雲港看吳承恩筆下的花果山，在齊國故都淄博參加全國書蟲雅集，到興化拜謁鄭板橋和施耐庵，去杭州、寧波、慈溪、上海、周莊訪友探幽，探訪千乘樓，參觀中國民間族譜收藏第一人的藏品；「人生驛站」，有童年的情趣，有身處時代變革之際的中學生活記憶，有家在漂泊的無奈，也有坐擁書城的喜悅。是人生中的精神苦旅；「生活空間」，是與馬曠源、龔明德、董寧文、王國華等師友的心靈對話。該書旨趣就是遊歷，只不過前部分是實際行旅，而後部分則是精神行旅和紙上行旅。

大陸讀者要比臺灣讀者多的多，臺灣出版商看到好的文本就會馬上出版，大陸出版社為什麼不行呢？巴金先生曾說：「當年在上海也是嚴肅的純文藝書刊不吃香，沒有人肯印。我們針對這種情況就辦了文化生活出版社，專門印嚴肅的文藝書籍，結果並不賠錢麼，事業還是發展了。那時一本書的印數也不多，有的一版只印一兩千冊並不賠錢。為什麼現在嚴肅的文藝書又不吃香了，為什麼大家都不肯印？」其實，大家都很明白，出版社擔心的不只是是否虧本的問題，而是以衡量利潤的多少來決定是否出版。當然，出版社受書號限制也是其中的原因之一，每個出版社每年書號是有限的，與其冒風險出版小眾讀物，還不如出版暢銷書來的實惠。我曾問過蔡登山先生：「你們為什麼不去選擇暢銷書出版，而專門出版人文類著作？」他說：「這些書雖不是暢銷的作品，但我覺得是相當扎實的作品，假以時日有些是可長銷的。有些是會虧本的，但他有一定的史料或文化意義，那寧可虧本，我們也要出。有些是在大陸出版有困難，我們評估後，有其出版價值，則考慮出版。暢銷書目前已有太多出版社一窩蜂在搶，我們沒必要去爭取，因為站在文化保存的觀點上，意義也不大。」臺灣出版人一直在關注著大陸作家，香港作家梁文道先生說：「這個島嶼（臺灣）始終有著全華文世界最優秀的作家群體，最富有經驗的編輯。」蔡登山表示：「秀威公司對於大陸乃至海外如新加坡、菲律賓等，我們都在發掘優秀的作者，只要作品內容精采，我們都會出版。」

臺灣與大陸版書籍定價差距較大，一般十個印張的書大陸版定價在二十五元人民幣左右，而台版書定價則在四百新臺幣左右，台版書定價是大陸版的四至五倍，高昂的書價給台版書進入大陸市場帶來一定的難度，但大陸圖書館還是應該購買一些史料類的台版書，對於兩岸的文化交流還是相當有益的。但隨著兩岸交流的進一步開放，兩岸的出版交流也會進一步加強。但願兩岸出版界都能在「出版，經濟只是手段，文化才是目的」出版理念下，推出更多更好的作品。那樣，讀者就有福了。

二〇一〇年九月二十六日於秋緣齋

原載二〇一〇年十月十八日《藏書報》（河北）

港臺書，惹誰了？

在孔夫子舊書網上開網店的朋友說，港臺書全部下架，不讓賣了。怎麼回事呢？朋友傳來了孔夫子舊書網下發給店主的通知：「網站接到上級管理部門的緊急通知，要求不允許銷售港臺版新出圖書，否則屬違規銷售，要求立即暫停書店和書攤所有港臺版新書的銷售；如果您的書店有一九八五年之後出版的港臺書，請及時配合下架。如果不能判斷具體出版時間的也要先行下架，不可變相上傳。」

孔夫子舊書網的首頁上有一個《關於堅決禁止上傳違禁圖書和賣家自查店內書籍的公告》，公告中違禁書籍指：「中國香港、臺灣和其他國家、地區出版的詆毀中華人民共和國黨和國家領導人的出版物和資料。」禁止涉及敏感問題（涉政、軍事、經濟、宗教、國家領導人）的港臺書的規定是正確的，但不應該禁售所有的港臺書。像臺灣版的《雅舍散文》、《豐子愷文選》、《明清藏書家印鑒》、《紅樓夢的語言藝術》、《古史辨》、《清代學術史研究》等這些優秀的著作都禁售，就有些不可思議了。還有像《建築》、《剪紙藝術精華》這樣的讀物也被禁止，簡直就有些可笑了。

現在，各地的舊書市場日漸蕭條，很難淘到好書。孔夫子舊書網的崛起，給愛書人帶來了福音，孔夫子舊書網是一個圖書訊息平臺，聚集了五千多家書店和九千多家書攤。書友們不用再奔波於各地淘書，打開網頁，手指輕輕一點，好書自然有人送上門，方便極了。秋緣齋也有相當一部分書是從孔網淘來的。因而，我對孔網充滿了感激之情，曾在多篇文章中提及孔夫子舊書網。

孔網的規定發出後，輿論譁然，激起了書友的憤怒。但這並不是孔網的過錯，她肯定要承受著更大的壓力，她有無法言說的苦衷，她既要執行「上級管理部門」的指示，還要安撫加盟店主，只有這樣才能保全這個使愛書人受益的平臺。

港臺書中肯定有一些違禁書籍，清查這些書籍，人們都能理解，並堅決支持。但不能一棍子打死，所有的港臺書都受到株連。停止「所有港臺版新書的銷售」，這種規定似乎「文革」期間的文件。

香港已回歸大陸，禁止出售香港出版的書籍，不是在打自己的嘴巴嗎？

海峽兩岸的交流日益加深，在這個時候，查禁台版書，不是在破壞兩岸的文化交流嗎？

大陸圖書館訂閱訂購港臺雜誌和書，也屬違禁品了嗎？

港臺書，到底惹誰了？

二〇一〇年九月二十八日於秋緣齋

原載二〇一〇年十一月十六日《城市晚報》（吉林）

名不副實的《魯迅書話》

首先需要說明的是，這裏所說的《魯迅書話》並不是姜德明先生主編的那套「現代書話叢書」中的《魯迅書話》，那本由孫郁選編的《魯迅書話》，可謂書話經典著作。此處所介紹的是另一種版本的《魯迅書話》。

庚寅暮春，余往湖州訪友，在族兄郭湧書房裏，發現了一本《魯迅書話》，與我同行的對新文學版本頗有研究的湖州學者張建智兄也是第一次見到這個版本。淡黃色的封面設計很簡單，扉頁有作者名字：張能耿、黃中海，下方有「杭州文藝編輯部編　一九七六年一月」字樣。

該書正文前有「一九二六年陶元慶為魯迅畫像」、「魯迅在廈門肖像」、「魯迅在北師大演說」、「仙台醫專」、「上海魯迅工作室」等圖片，及「魯迅一九三二年十二月十二日書贈柳亞子」、「魯迅給《阿Q正傳》日文譯者山上正義的一封信」等手跡、魯迅先生著作書影等，並附一頁摘自《新民主主義論》中有關魯迅的一段《毛主席語錄》。出版〈說明〉云：「今年九月廿五日，是偉大的文學家、思想家和政治家魯迅先生誕生九十五周年，十月十九日又是魯迅先生逝世四十周年。為了學習魯迅，紀念魯迅，我們編印了這本《魯迅書話》，供廣大工農兵群眾及業餘和專業文藝工作者學習之用。」

目錄後的〈前言〉介紹道：「《魯迅書話》以作品寫作時間為序，試把魯迅作品的專集和某些單篇的時代背景、寫作出版過程、當時社會反映和內容要點作粗淺的介紹，並結合介紹魯迅的生平事蹟和思想發展，使廣大的工農兵群眾及業餘和專業文藝工作者，對魯迅及其作品有個大概的瞭解。」

但該書的內容不是書話，而是有關魯迅作品的評論文章，每篇文章都大量引用並用醒目的黑體字標出毛主席語錄。〈迎著曙光戰鬥〉、〈痛打「落水狗」〉、〈大步走去〉、〈解放孩子〉、〈怒向刀叢覓小詩〉……從這些題目上看也不是書話。書話的寫作儘管可以隨意些，不一定非要按照唐弢先生提倡的「一點事實，一點掌故，一點觀點，一點抒情的氣息」的書話四要素去寫，但書話與評論完全是兩種不同的概念。因而，本書以《魯迅書話》為名顯然是不合適的。即使本書收錄的是書話作品，也不應用《魯迅書話》作為書名。「魯迅書話」顧名思義應該是魯迅先生所創作的書話，而本書內容並非如此，只是一部魯迅著作評論集。書名改為《魯迅作品評論集》更恰當些。

該書封底左上方有「杭州文藝通訊」字樣。由此可見，這本名不副實的《魯迅書話》是作為《杭州文藝通訊》內部印行的。

二〇一〇年六月二十七日於秋緣齋

原載二〇一一年第一期《溫州讀書報》（浙江）

可愛的小書

雲南馬曠源，奇才也。

他做教授，桃李滿天下，學術著作一大摞；為官員，官至副廳，時常下鄉視察，有模有樣；當作家，出版著作一籮筐，小說、散文、詩歌無所不有；論收藏，多年來一直保持藏書兩萬冊，不斷買書，不斷淘汰，淘汰之書散於弟子。

秋緣齋所藏馬氏著作不下二十種，當然，只是他公開出版作品中的一部分。

收到他的新書，絲毫不覺稀奇，不斷推出新作，他就該這樣。時間久了，不見曠源兄新著，反倒覺得不正常。

國慶假期，又收曠源兄郵件。這次不是單兵出擊，而是集團作戰。曠源兄寄來的不是一本，而是一套——「風嘯齋小叢書」。

「風嘯齋」是曠源兄書齋名，取自「風嘯嘯兮易水寒，壯士一去兮不復還」。曠源兄有鬥士精神，狂傲風骨。因而命運多舛，屢遭磨難。正因如此，才成就了曠源兄。

「風嘯齋小叢書」，二〇一〇年四月作家出版社出版，共五冊。

《大風集》，收文二十九篇。以研究古典文學為主。選取歷史上個性鮮明的作家詩人加以評價。所談之人有鄭板橋、呂洞賓、賈島、唐伯虎、吳承恩等。

《冷趣——生殖文化與「蠱」》，收文二十七篇。談性、生殖崇拜、民族圖騰及相關書籍、民謠等民俗文化。

《雲南回族文學論稿》，收文二十三篇。曠源兄是回回，兼任中國當代少數民族文學研究會副會長，研究回族文學本為分內之事。作品涉及回族思想家、翻譯家、詩人、學者生平、活動、著述，以及回族神話傳說、民歌等。

《萬木自凋山不動——曠源自述》，收文二十三篇。係曠源兄自傳體系列文章，文章散見於各地報刊及曠源著作中，此次輯錄均做了修訂。

《雲南看雲——雲南作家文學談片》，收文四十七篇。係雲南作家作品評論集。曠源兄還任雲南當代文學研究會會長，主編《雲南當代文學》報。做雲南作家研究更是曠源兄當仁不讓的分內事。

叢書小三十二開。開本小，印張少，便於臥讀，必得蠹魚寵愛。

二〇一〇年十月六日於秋緣齋

原載二〇一〇年十二月十八日《汕頭日報》（廣東）

綠茶書情

綠茶是北京《新京報》閱讀週刊編輯，是讀書界比較活躍的人物，二〇〇五年在北京曾有一面之交，給我的印象是一位精明強幹的小夥子。後來，綠茶給我郵寄一大遝報紙，《新京報》的閱讀週刊版面多，我也沒有仔細研究該報需要什麼文章。綠茶就開始從我博客裏選發稿子，而且稿費較高，也算是間接幫我解決了許多書費。

二〇〇八年底，《深圳晚報》開始連續刊發我的《書林漫筆》系列，由於樣報不及時，郵局老是丟失郵件，為了保存樣報，便從此訂閱了一份《深圳晚報》。《深圳晚報》信息量大，一般版面都是草草翻閱，但「閱讀週刊」和「知道週刊」我都仔細閱讀，在「閱讀週刊」中，每週有一個版的「一週書情」，介紹新書，綠茶就是這個版的供稿者。每次看到這些書情訊息就想，綠茶哪來那麼多的精力，在編稿之餘還要瀏覽這麼多的新書，敬佩之情油然而生。每次打開他的博客，新書介紹更是讓人眼花撩亂。

一個週末的午後，突然收到綠茶的郵件：「阿瀅兄，最近，我鼓搗了一個叫『綠茶書情』的東西，發給你看看，請批評指教！」打開附件，是一個名為《綠茶書情》的電子讀物。第一期創辦於二〇一〇年八月二十八日。

綠茶在〈刊首語〉中說：「不久前，我發了一條微博，推薦幾個我經常光顧的『網上書情站』，如讀寫人、讀品、獨立閱讀、讀眼、書倉等。沒想到這條微博被N百次轉發，有博友還誇我做好事，呵呵！可見，大家對『書情』很有愛。每週，我要從大量的新書訊息中，遴選出十幾二十本，編寫成『一週書情』，這個工作俺已經幹了很多年，而且，還將繼續孜孜不倦地幹下去。也因此成了一頭『書目控』，收集大量出版社的書目，如三聯書店的《三聯書情》，中華書局的《中華書情》，北大出版社的《博雅》，北京貝貝特的《書天堂》，新星出版社的《新星讀本》等，我管這些書目叫『書情讀本』。現在，我決定把我編寫的書情做成電子月刊，每月末發佈，偶爾會不定期發佈一些特刊……」

《綠茶書情》分了四大欄目，第一部分「八月注目」有兩個小欄目，「讀優雅」介紹了趙廣超、吳靜雯合著，紫禁城出版社出版的《十二美人》，配有書影，下方還有一個「延伸書情」，介紹了這位作家的其他著作。「讀傳奇」著重推薦了李輝著，人民日報出版社出版的《傳奇黃永玉》；第二部分是書情訊息，分「西藏」、「港臺」、「小說」、「歷史」、「人物」、「書話」、「音樂」、「電影」、「時尚」、「旅行」等十類，每類占一個頁碼，推薦五本書，包括書影、書名、作者、出版社、出版日期、定價及內容介紹；第三部分是「微博書情」，介紹一些讀書博客關於書的訊息；第四部分是講座預告，分「大牌出沒」、「經典出沒」、「作家出沒」、「詩人出沒」、「新書出沒」等，介紹講座地點、時間、主講人、出席嘉賓、講座主題、活動內容等。

閱讀需要分享，綠茶用他的實際行動來讓大家分享他的快樂！

二〇一〇年九月四日於秋緣齋

原載二〇一〇年十二月六日《藏書報》（河北）

上林文脈

出遊歸來，見案上有一冊《上林》文叢第三卷，知道這是慈溪友人饋贈的佳著，翻閱開來，連日奔波的疲憊早已拋到九霄雲外了。

《上林》文叢是一部由慈溪上林書社編印的獨特版本，說它獨特是因為這是一部十二本小書的合訂本。每位作者一冊，每冊只有一個印張，封面與內文用紙相同，每冊封面後統一為目錄，封底是後記。每本小書大約三萬字。《上林》文叢以單行本和合訂本兩種形式同時面世。

上林書社是浙江省慈溪市的一個民間讀書組織，去年應上林書社之邀，曾與徐雁、陳學勇等人前往慈溪與上林書社同仁交流。該社成立之初，政府撥款十萬元予以支持，此舉在全國讀書組織中絕無僅有，引得與會教授們嘖嘖稱奇。

上林書社成立一年多，先後編輯出版了三卷文叢，推出了一個慈溪作家軍團，文叢中涵蓋了各種體裁的作品，有文學作品，亦有文史著作。第一卷中胡洪軍先生的《胡家講座》介紹了胡氏家族源流及胡氏人物，是胡氏家族文化史料著作；葉旭蓉的《名家訪談》讓讀者認識了更多的慈溪籍作家、學者、畫家。包括余秋雨也是慈溪人，其老家後來因行政區劃劃歸餘姚，但和慈溪有著剪不斷的情愫。我們去慈溪時，余秋雨也在慈溪做報告，慈溪市圖書館館名由余秋雨題寫，《上林》文叢也是余秋雨題簽，在慈溪到處都能感受到余秋雨的存在。

時下有書話、詩話，慈溪族譜收藏家勵雙傑別出新裁地創造了「譜話」，他的《草堂話譜》收在第一卷。勵雙傑有兩個齋名「思綏草堂」和「千乘樓」，他的書齋裏收藏了上萬冊建國前的族譜，美國哈佛大學善本研究室主任沈津稱之為「富可敵省」。到千乘樓參觀時，被滿室的族譜所震撼。《草堂話譜》只收錄了幾篇關於族譜研究及訪譜經歷，窺一斑而見全豹。第三卷的《才情雙傑》是各地書友寫雙傑的文章，其中有我發表在《中國新聞出版報》上的《勵雙傑：尋自身快樂，光他姓門楣》一文。後來該文又在《深圳晚報》、《溫州讀書報》等報刊刊載，編輯之所以看重這篇文章，主要是勵雙傑的訪譜、藏譜經歷感動了大家。勵雙傑訪譜勤奮，作文嚴謹，為人實在，在慈溪文化圈裏，不管年齡大小都喊他「雙傑哥哥」，由此可見其人緣兒。

《蒙田隨筆》是第一卷的壓軸之作，作者是上林書社掌門人童銀舫先生，他長期從事地方文獻研究。出版有《方志劄記》、《慈溪古今書畫家》、《臨田齋筆記》、《揮不去的鄉愁》、《溪上流韻》、《上林集》、《流響集》等，並主編有《慈溪市志》、《慈溪百人》等數十部作品。是一位富有親和力的領頭人，他組織成立上林書社，創辦《上林》雜誌，編輯出版《溪上書香》、《上林文叢》。時常舉辦各類讀書活動，邀請各地名家作報告，把整個慈溪的讀書活動搞得紅紅火火，是構築書香社會的積極實踐者。

第二卷的《東極東極》是上林書社的「大管家」、副社長胡遐的遊記作品，她是一位外表豪放、內心纖細的女子，她主編的《慈溪工商》雜誌每期都按時寄到我的書齋，雜誌名字也是余秋雨題寫，我對行業雜誌沒有興趣，但這份雜誌的封面美得讓人捨不得丟棄，看了封面就忍不住要翻看一下。胡遐興趣廣泛，善寫小說、散文，出版有《又見梨花開》等。我有寫行記的習慣，因而《東極東極》中都是我愛讀的篇什。

第二卷的《新春思絮》和第三卷的《七葉詩選》是詩歌作品，《新春思絮》作者岑其；《七葉詩選》是上世紀八十年代童銀舫組織的民間文學社團七葉詩社成員的作品合集。那個時期我曾組織過一個叫處女地的文學社，還出版了社刊《處女地》。看到《七葉詩選》引起了我對往事的回憶。

陳墨的章回小說《巷城黎明》收錄在第三卷，在三卷文叢三十六本作品集中是個個例，其他都是一個印張，而《巷城黎明》則是兩個印張。該小說曾在當地報紙連載，產過一定的影響。作者陳墨並不沉默，是一位幽默的老大哥。在慈溪曾與他同桌用餐，印象較深。

三卷文叢形式相同，第一卷二〇〇九年十月編印；第二卷二〇〇九年十一月編印；第三卷二〇一〇年九月編印。上林書社同人在各自崗位擔任要職，全靠業餘時間去做，一年之內推出了三十六部小書，而且還要保證《上林》雜誌的正常出版，工作量之大可想而知。許多地方都設立了讀書月、讀書節，但往往流於形式，到時開個會發個獎便悄無聲息了。如果都像上林書社那樣持續不斷的去做，書香社會便不再是一句空話了。

二〇一〇年十一月九日於秋緣齋

原載二〇一〇年十一月三十一日《城市晚報》（吉林）

臺島書緣

前些年由於受海峽兩岸交流的限制，儘管秋緣齋藏書逾萬冊，而台版書卻寥寥無幾。二〇〇六年秋，張煒先生寄來了他的小說集《蘑菇七種》和《遠河遠山》，兩本書均由臺灣INK印刻出版有限公司出版。繁體豎排，印裝精美，版心較小，便於讀者在空白處題跋。秋緣齋亦藏有幾位朋友在大陸印製的繁體豎版書籍，但用紙及印刷質量皆無法與之相比。張煒先生的台版書不但帶來了悅讀的愉悅，而且還給人一種視覺的享受，成為秋緣齋的珍藏。

二〇〇九年春日，浙江作家王立寄贈其新著《邂逅：曾經的悅讀》，臺灣秀威資訊科技有限公司二〇〇九年四月出版，是一部關於閱讀的隨筆集。其中收錄了他寫的〈書癡阿瀅〉一文。正巧我手頭有一部書稿《邂逅舊讀》，書名用了其中的一篇文章名字，收錄了我近年寫的一些篇什，大都在報刊發表過，有些文章被多家報刊轉載。全書分三部分，「書人書事」鉤沉往事，記述了梁實秋、邵洵美、林語堂等上世紀二三十年代作家的逸聞趣事，以及與谷林、文潔若、姜德明、苗得雨、張煒、王稼句等師友的交往；「書林漫步」記錄了在書海暢遊中自己的所感所悟；「書香人生」則是我近年來的淘書、讀書生活實錄。這部書稿在一家出版社通過初審，並談妥了版稅，但總編擔心這種讀書類書籍市場銷路不好，而未通過終審。後來，書稿又遊走了幾家出版社，均是同樣結果。看到王立台版書的一剎那，萌發了把書稿發到臺灣試試的念頭。馬上讓王立介紹給臺灣出版方。王立說，秀威公司總編是蔡登山先生，該公司側重於出版文史方面的著作，我的書稿正好適合該公司的口味。

蔡登山先生的大名早有耳聞，他是位多產作家，曾任高職教師、電視臺編劇、電影公司經理等。著作有《電影問題‧問題電影》、《往事已蒼老》、《人間四月天》、《許我一個未來》、《人間花草太匆匆》、《人間但有真情在》、《傳奇未完——張愛玲》、《百年記憶》、《魯迅愛過的人》、《另眼看作家》、《民國的身影》、《梅蘭芳與孟小冬》等。經常在大陸報刊上看到他的作品，沒想到他就是這家公司的總編。

把書稿發到臺灣後，很快王立回信說，蔡登山先生看了我的書稿，他的意見是讓我再整理一下，字數控制在十五萬字。書名需要換一個，這個書名與王立剛出版的《邂逅：曾經的悅讀》有些重複，遂改為《九月書窗》。書稿原有二十萬字，刪掉五萬字的文章，再次給蔡先生發去。當晚，就收到了蔡先生的回信：

阿瀅：

書稿收到了，謝謝。出版沒問題，但因最近書稿極多，可能得花點時間，但到秋天可以出版的。圖片先不急，倒是〈後記〉要麻煩補來，我整個轉成繁體校閱過，會發給編輯部，由執行編輯和您聯繫簽約編排之事。

蔡登山

現在出本書太難了，能在臺灣出版更是難得，本來打算試試看，像做夢一樣就成了，馬上補寫了〈後記〉發過去。

為了讓蔡先生加深對我的瞭解，我帶了先前出版的《秋緣齋書事》和《秋緣齋書事續編》到郵局給蔡先生寄書。但該郵局從來沒有辦理過這項業務，工作人員不知如何郵寄，打電話詢問市局，回答讓他們自己到書上查一下是否能寄。工作人員試著按包裹郵寄，秤了一下書的重量，電腦上顯示郵費是九十四元。我問，能否像內地一樣按印刷掛號郵寄？再試一下，電腦上顯示郵費只有十七元八角。工作人員說，這樣郵寄不知是否能夠寄到。我說，既然電腦裏有資料，就應該能寄，就當做一下試驗吧。用了一小時，總算辦好了手續。自從兩岸通郵以來，這是新泰第一次直接往臺灣郵寄圖書，無意中創下了一項小城之最。

大約過了二十多天，蔡先生回信了：「大著兩本收到了，因我最近較忙，一周才去出版社一次，遲覆為歉。另大著已由靚秋小姐負責編輯，她很快會與您聯繫的。」蔡先生在信中說：「希望未來開放的自由行，您能來臺北，我帶您去淘書。我帶過謝泳、邵建、傅國湧、智效民，大家都滿載而歸。」顯然，蔡先生是讀了我的書，因為那兩本書都是與各地作家、書友交流及到各地淘書的內容，知道我是一位書蟲子，走到那裏都想淘書。我曾多次看過介紹阿里山、日月潭、澎湖島的風光片，總是夢想著有一天能夠親自踏上臺島，零距離接觸寶島風光，到胡適、林語堂的墓前拜謁。能在蔡先生的陪同下淘台版舊書，那是何等的幸福喲。

七月份，臺灣秀威公司編輯靚秋，發來了關於《九月書窗》一書的〈出版發行合約〉、〈出版報價單〉、〈作者資料表〉、〈作者資料表〉、〈BOD著作基本資料表〉等。我們隨即簽署了出版合約及相關文件，開始進行出版作業。

在校對《九月書窗》書稿時，發現大陸與臺灣許多辭彙存在差異。當看到文中的「博客」一詞被改為「部落格」時，以為是編輯輸入錯誤，就改了過來，到後面凡是提到博客的地方都被改為「部落格」。心想，恐怕不是錯誤，而是臺灣的習慣用語。到網路查了一下，對「部落格」的解釋是這樣的：部落格的全名應該是Weblog，中文意思是「網路日誌」，後來縮寫為Blog，而博客（Blogger）就是寫Blog的人。從理解上講，博客是「一種表達個人思想、網路鏈結、內容，按照時間順序排列，並且不斷更新的出版方式」。簡單的說博客是一類人，這類人習慣於在網上寫日記。而在大陸都習慣的稱之為寫博客。兩岸用詞的差異不僅如此，像「信息」一詞，在臺灣稱為「資訊」等等，因書是在臺灣發行，因而書中凡是有以上辭彙的全部被改為臺灣習慣用語。

《九月書窗》經過三校，被列入「認識大陸作家系列」，在二〇〇九年十二月份出版發行。該書三百五十二頁，定價四百二十元（新臺幣），合人民幣一百元。大陸有幾家網上書店賣到了一百二十元一冊。

二〇〇五年我曾出版過一部散文集《尋找精神家園》，蔡登山先生看到後，隨即決定出版臺灣版，有了第一本書的經驗，這本書在《九月書窗》出版後一個月也在臺灣順利付梓刊行。我的一部新散文集《放牧心靈》也已在臺灣獲得通過，並進入排版階段。

近日，收到一封臺灣在讀研究生的電子郵件，求贈我主編的雜誌。相信以後會與更多的台島同好結緣。

二〇一〇年三月七日於秋緣齋

原載二〇一〇年八月二十日《文匯讀書週報》（上海）

情繫簽名本

在一次與陳子善先生的聊天時，談到了他發表在《文匯讀書週報》上的「簽名本小考」系列文章，子善先生搞現代文學研究，收藏了很多珍貴的簽名本，又掌握了許多鮮為人知的人文掌故，因而，他寫「簽名本小考」系列那真是信手拈來，得心應手。子善先生曾這樣解釋簽名本的定義：「簽名本就是由作者（包括譯者和編者）親筆簽名的書。如果那是部翻譯作品，簽名的可以是譯者，如果是部選集，那就可以是編者。總而言之，只要是他們親筆簽名的書便是簽名本。一般來說，簽名本是由作者、譯者或編者在他們自己的著作、翻譯或編集上簽名。」子善先生稱，簽名本和手稿是尚待發掘的寶庫。

經過多年的日積月累，秋緣齋已藏各種作家簽名本一千餘冊。大都是作者為我題上款簽贈本，這些書的作者有老作家，有中青年作家，也有初出茅廬的文學青年，有教授、有學生，也有官員……各行各業，應有盡有。每一本書都有一個故事。

偶然看到一篇文章中提到毛澤東關於假如魯迅活著的一段話，並說明出自魯迅兒子周海嬰的《魯迅與我七十年》一書，便想找來一讀，由於該書出版多年，從網上也未查到。正巧，收到了周海嬰先生的來信，便問他從哪兒可以買到這本書。周海嬰先生收到信後，馬上寄來了一本，由此與周海嬰先生結緣，以後，周海嬰先生又陸續寄來了為慶祝他八十大壽，其子周令飛為他出版的攝影集《鏡匣人間》，還有他根據母親許廣平手稿重新整理出版的《魯迅回憶錄》。

袁鷹先生的《風雲側記》出版後，因出版社未履行重大選題備案程式被禁。一時網上譁然。正想法購買時，意外地收到了袁鷹老的贈書。該書封面設計獨特，影印了報導中華人民共和國開國大典的一九四九年十月二日的《人民日報》第一版，折疊後作為封面，特別新穎別致。成為秋緣齋珍藏。

當我收到上海老作家陳夢熊先生寄贈的《文幕與文墓》時，才知道熊融是他的筆名，又聯想到曾經在北京淘得一冊《陸蠡集》，其編者便是熊融，馬上找出該書，給陳夢熊先生寄去，請他簽名，陳先生看到這本書很激動，他說，此書是初版本，現已不易覓得。當初人民文學出版社要出版，由樓適夷說項才由浙江文藝出版社與柔石、殷夫、修人等一起編入「浙江烈士文叢」內，一九五五年十月出版。後來，改名為《陸蠡散文全編》，列入「中國現代經典作家詩人全編精編」系列中。陳夢熊先生在書的空白處寫下了五百多字的題跋，說明了該書的出版過程，並在文後鈐了「陳夢熊」、「熊融」等五枚印章，並分別注明陳業孟、單孝天、方去疾等所治。該書成為秋緣齋一部比較獨特的簽名本。

我每次外出開會或旅行，都要估計這次外出能夠見到哪些人，便找出他們的著作帶上，請他們簽名。陳子善先生這些年來編書、著書大約一百五十多種，只要見到他的作品必納入囊中，每次見到子善先生，我都帶一大摞書，子善先生總是愉快地接過書說：「我現在開始為你工作。」外出時帶一包書，回來時則會成倍的增加。

有次，與文潔若先生在北京布衣書局淘書，正巧，淘得一冊蕭乾紀念文集《微笑著離去——憶蕭乾》，拿給文先生看，文先生在書上題道：「儘量說真話，堅決不說假話。錄蕭乾名言與阿瀅先生共勉。」

秋緣齋庋藏張煒作品一百三十多種版本，其中有許多張煒的簽名本，張煒在我藏的他出版的第一本書《蘆清河告訴我》上題曰：「阿瀅是寫作者的永恆鑒定！」

秋緣齋的簽名本還有一些是從各地舊書市場淘來的。前些年，舊書商不知道簽名本的價值，因而很容易買到簽名本，在濟南中山公園一家書店的書架上看到了張海迪的散文集《生命的追問》。張海迪曾送我該書的精裝本，我想海迪就在濟南，說不定是個簽名本呢。把書抽出來一看，在襯頁中間果真有「張海迪」三個金色的字，一般的讀者可能認為是出版時把作者的簽名手跡印在上面的，張煒的書大都印上簽名手跡。但我斷定是張海迪的親筆簽名，因為她送給我的幾本書的簽名都是金色的字體，這種筆是用於在瓷器上描畫金邊用的。在簽名下面的日期是「九七・九」，而本書出版日期則是一九九七年五月，更證明了我的判斷是正確的。問價格，老闆只要人民幣三元，價也沒還就買了下來。在中山公園還曾以兩元的價格買了一本張煒的《我的田園》，拿到書後，轉身就走，怕被攤主搶回去似的。如果攤主知道是簽名本，一定後悔不已。

秋緣齋還有一些簽名本是各地師友為我代求的，內蒙古老作家許淇的詞牌散文詩集《詞牌散文詩百闋》出版後，包頭作家馮傳友就為我求得一冊簽名本；上海藏書家韋泱寄來了老作家羅洪的《羅洪散文》簽名本；蘇州《楹聯春秋》雜誌主編吳眉眉經蘇州名士王稼句介紹簽名寄贈其新著《古新郭風俗》；有中國民間收藏族譜第一人之稱的浙江勵雙傑寄來了其族譜研究著作《中國家譜藏談》……

秋緣齋的簽名本在不斷地增加著，從書架的一角，到佔據了整個書架，兩個書架，且有無限擴張之勢。無論是名家著作，還是文學後生作品，我同樣視之為秋緣齋的珍藏，認真拜讀。

正當撰寫這篇短文時，郵遞員送來了青島作家劉宜慶寄來的新著《浪淘盡：百年中國的名師高徒》，今天又要度過一個書香之夜了。

二〇一〇年九月十五日於秋緣齋

原載二〇一〇年十一月十六日《天津日報》（天津）

抄書

我讀書的興趣是在小學時養成的，初中時期正是書荒年代，文學名著都成了毒草，書店裏除了紅寶書外，只有很少的一些應景之作，讀書只有靠千方百計地四處借閱。借書都是有期限的，還有人在排號等著借書。因而，借到書後就抓緊閱讀，睡前飯後、課間十分鐘，幾乎是利用一切空餘時間讀書。有時上課也忍不住，偷偷的把小說放在課本下面讀，好幾次被老師發現沒收。為了要回小說，便接受作業加倍的懲罰。

一次，發現了上高中的哥哥的一個塑膠皮筆記本，上面抄了一篇小說《大破梅花黨》，單看題目就把魂兒勾去了，一口氣兒讀完了。這是一部懸疑、驚險、偵探小說，不同於以前所讀的書，我的眼前又展現出一個嶄新的世界。遂央求哥哥看兩天，拿到筆記本後，就開始抄了起來。幾天之後，同學們開始傳抄，那是在一種秘密的、高度興奮的狀態下抄書。或許老師們還認為學生們突然間變得聽話了，知道學習了呢。

我又通過哥哥借來手抄本，抄錄了《一張舊報紙的故事》、《一隻繡花鞋》、《閣樓的秘密》、《十三號凶宅》等等。原來讀書因時間關係，都是急匆匆地讀，只注重精彩的情節，而對於一些環境的描寫往往一眼而過，抄書則不同，需要一個字一個字地寫下來。一本書抄完，幾乎完全記在腦海裏，印象特別深刻。看一眼抄一句。有時來不急看，便自己接了下一句，再看原本時，竟然是一樣的。就為自己的想法和作者一致而興奮不已。

當年比較有名的手抄本還有兩種，一是《曼娜回憶錄》，也叫《少女之心》，是流傳最廣的手抄本，四十五歲以上的人大概都知道這本小說。《曼娜回憶錄》是我上高中時讀的，直讀得面紅心跳。在讀當時被稱為「黃色小說」的《苦菜花》時，也沒有這樣的內容，《曼娜回憶錄》是我第一次讀到的淫穢小說，男女同學爭相傳抄，我只是讀了，而沒有抄錄。後來，《少女之心》正式出版了，才知有人截取了小說中人物及故事，創作了《曼娜回憶錄》，就像《金瓶梅》與《水滸傳》之關係類似。另一種著名的手抄本是《第二次握手》，當年，我沒有看到《第二次握手》的手抄本，後來，中國青年出版社正式出版後，我才讀到了這書，並得知作者張揚因此書獲罪，坐牢四年，直到《中國青年報》的一位編輯經過調查取證，為他四處奔波遊說，後來經過胡耀邦過問，才得以平反出獄。書中的一段話至今記憶猶深：「人們初次的愛情，由於年輕，多富於幻想，成功者絕少。」

多年之後，才知道《大破梅花黨》、《一隻繡花鞋》等手抄本出自一位叫張寶瑞的首鋼工人之手，在那個年代，那種環境下，能夠把自己的作品通過手抄本的形式秘密地傳遍大江南北，不能不說是一種奇跡。我曾找來當年的手抄本試圖再讀一遍，尋找一下當年的感覺，但卻怎麼也讀不下去了。美好的印象只能留在記憶之中了。

二〇一〇年九月二十三日於秋緣齋

原載二〇一〇年九月二十六日《信息時報》（廣東）

《泰山書院》之創辦

文人辦報偏重副刊，二〇〇三年夏，我受聘主持創辦《泰山週刊》，便首先開設了兩個副刊——「文學」和「讀書」。幾個月後，「讀書」版更名「泰山書院」。之所以取泰山書院是因為宋代泰安有一所在中國書院史上非常有名的泰山書院，書院位於泰山腳下普照寺西一百多米處，泰山從北、東、西三面將其環抱，古樹參天，溪流潺潺。是「宋初三先生」胡瑗、孫復、石介讀書、講學的地方，也是宋代學術思想的發源地，在宋代乃至在中國學術史和教育史上，都佔有著極其重要的地位。

隨著讀書版的改版，其他副刊也做了調整，報紙每期設了四個版的文化版，一版作家專欄，二版散文領地、三版詩意空間、四版泰山書院。副刊向全國知名作家、藏書家、學者免費贈閱，特別是讀書版在全國知名書話家和書友的支持下，在讀書界產生了一定的影響。流沙河先生題寫的刊頭「泰山書院」更為報紙增輝，讀書版名家薈萃，車輻、文潔若等老作家紛紛撰稿支持。

由於受報刊版面的限制，一些較長的書話在報紙上不好安排發表，二〇〇五年七月份，龔明德先生發來了一篇書話〈累遭誤解的《玉君》〉，他考證了上世紀二十年代山東作家楊振聲的作品《玉君》的出版經過，反駁了社會上對《玉君》的一些不公正的評價，徹底說透了這本書的前因後果。文章七千餘字，「泰山書院」分兩期，用了兩個整版，配十幾幅圖片和書影發表。因兩期報紙是分開郵寄的，由於郵局的原因，許多作家、學者沒有收全，便寫信索要缺失的一期報紙。谷林先生也來信說：「此次賜寄八月二日《週刊》，得明德兄大作關於《玉君》之後半，渴望能識全貌，敢乞補贈其前文，不知是否刊在七月下旬之一期，尚有存報否？」由此，我便萌生了把「泰山書院」獨立出來，單獨出版一份讀書雜誌的想法，雜誌仍叫《泰山書院》。這樣可以彌補報紙不能刊發長文的缺憾，而且也便於保存。人們都習慣地把三十二開書刊放到書架上，而十六開雜誌除了合訂本外很容易丟失，因而《泰山書院》採用了三十二開本。初步設定了做客書房、書人側影、序與跋、書界掌故、版本談故、書軒品茗、刊叢擷華、淘書瑣記、書苑春秋、學人隨筆、書房故事、作家書簡等欄目。

我制定了一個顧問名單，有姜德明、文潔若、豐一吟、流沙河等先生，一一打電話落實，當我告訴文潔若先生聘她做顧問時，她說：「好！好！你辦讀書雜誌，我再給你寫一篇談讀書的稿子。」文先生答應得很痛快，並主動為雜誌寫稿，出乎意料。有這些文學界前輩及各地書友的支持，更增加了辦好《泰山書院》的信心。

辦雜誌最大的問題是落實辦刊經費，其他讀書雜誌，如北京的《芳草地》、南京的《開卷》、長沙的《書人》等都有強大的經濟後盾支持。我們雖然組織成立了市藏書家協會，但靠化緣得來的一些活動經費根本無法支撐一個雜誌的出版。我所主持的報紙也一直虧損，無法再出資辦刊。有人建議在雜誌上發佈廣告，以維持雜誌的生存，如果刊登廣告，就會降低雜誌的品味，是不可取的。這時，一位煤炭經銷商聲稱可以贊助。二〇〇五年末，我籌備成立新泰市藏書家協會時，走訪了許多喜歡藏書的朋友，有人介紹一個販運煤炭的商人藏了近萬冊書籍，並自稱研究某位歷史文化名人。我馬上前去參觀了他的藏書。一位商人喜歡藏書且做學問，這種精神令人敬佩，遂力薦他出任市藏書家協會副主席。他出資相助，真是喜出望外，帶著辦刊設想去找他商量雜誌出版事宜，他很瀟灑地說：「先給一萬，不夠再增加。」有了他的承諾，便滿心歡喜地去組稿、編稿、排版了。需要支付印刷費時，他卻推說老婆不同意。雖然自古就有奸商之說，但此人之舉仍令人費解，之前他曾言之鑿鑿，又不是三歲頑童，怎麼可能言而無信呢。捐款辦刊是他主動提出的，反悔的藉口是老婆不同意。根據幾次去他家交流，他並不是懼內之人。之所以出爾反爾，或許性格使然，只是我們辦刊心切，對人未能做深入瞭解。此為人生教訓。

後來，是新華書店慷慨解囊，解決了印刷費用。二〇〇六年六月份，《泰山書院》終於創刊問世。第一期發表了文潔若、朱金順、姜德明、劉宗武、王稼句、王學仲、陳子善、龔明德、彭國梁、徐雁、虎闈、徐魯、伍立楊等作家文章。

雜誌印出後，馬上寄往各地，訊息很快反饋回來。李濟生、來新夏、文潔若、董橋等先生均表示雜誌辦得不錯。長沙作家彭國梁來信：「《泰山書院》收到後，便先找朋友們的文章看，有一種異常的親切感……夏天，長沙是一個火爐，而《泰山書院》的到來，彷彿就有了一些清涼。」杭州子張教授說：「小小一本《泰山書院》，能聯絡文潔若、姜德明等偌多時賢，賴於吾兄苦心經營，實在不容易。」上海陳夢熊先生讓再寄幾本《泰山書院》，分別送給陳思和以及吳朗西的女兒。吉林《城市晚報》配《泰山書院》書影發表了〈一本民間的讀書雜誌〉，向讀者介紹了《泰山書院》。

各地師友就如何辦好《泰山書院》雜誌積極出謀劃策。《日記雜誌》主編自牧建議作者後面都附一個簡短的作者小傳，以增加親切感；《中國成人教育》副主編徐明祥來信建議：「每期均可登一幅泰山文物照片，並加文字說明，以形成刊物的地方特色。在內容上，也應有適當的篇幅體現泰安乃至山東的地域文化特點，不僅是山東人寫，還要寫山東的書人書事，包括現在的和古代的。比如，約一位當地的專家，寫一寫北宋泰山先生孫復在泰山南麓創辦的泰山書院……」；《書人》編輯蕭金鑒先生建議在雜誌後面開設一個像《開卷》的「開有益齋閒話」、《書人》的「書人書語」等與作者、讀者互動的欄目。在上世紀二三十年代的文學雜誌大都設有這樣的欄目，現在除了幾份民間讀書報刊外，官辦雜誌還沒有這樣的欄目。遂從第二卷開設了「末了書談」欄目。流沙河先生對他題寫的「泰山書院」也非常滿意，在一次接受採訪時說「《泰山書院》我給他們寫了刊頭，這四個字寫得穩當。我自己就從刊物上剪下來保存。真正的讀書人都不喜歡張揚，這些主持民辦讀書類報刊的人就是這樣的讀書人。」

第二卷《泰山書院》雜誌編好後，由於經費不到位，暫緩出版，篇幅較短的稿件仍安排在《泰山週刊》之「泰山書院」欄目發表。二〇〇八年，全國第六屆民間讀書年會在山東淄博召開，為了迎接年會，準備在會前趕出一期雜誌。一位處世低調、不願透露姓名的愛書朋友贊助了出版費用。為了支持《泰山書院》辦刊，徐明祥捐贈十冊新出版的《潛廬藏書紀事》毛邊簽名本，在網上義賣。自牧也送來了十冊《尚寬集》毛邊簽名本，以支持《泰山書院》。消息發到天涯社區「閒閒書話」版，二十冊書很快被搶購一空。朋友們的熱切鼓勵和鼎力相助令人感動，因而，我在全國第六屆民間讀書年會上發言時表示，不管想什麼辦法，也要堅持把《泰山書院》辦下去。原山東省作協副主席、老作家邱勳先生在講話中說：「一個小小的新泰市竟然有一個藏書家協會，辦的《泰山書院》沒有大話、假話、空話。在極其困難的情況下，自己籌集經費，辦起了刊物，令人敬佩……」

從第二卷開始巴金文學館網站推出了《泰山書院》網路版，進一步擴大了《泰山書院》的影響。

在淘寶網和孔夫子舊書網都有一家以經營文史、書話類書籍為主的藥房書店，主人龐凱也是位愛書人，書店名字別出心裁，在書店介紹裏說「書是一劑心靈的良藥，書店即是藥房。醫你，醫我，醫他。」第三卷《泰山書院》出版後，特意製作了一百冊毛邊雜誌被藥房書店全部包銷。原來雜誌是免費贈送，能夠通過網路銷售，也為民間讀書雜誌開闢了一條新的出路。

許多雜誌創刊時轟轟烈烈，時過不久便悄無聲息、銷聲匿跡。《泰山書院》創刊時沒有發刊辭，平靜地出現在人們面前，默默地為社會傳播書香，艱難地向前邁進著。

二〇一〇年一月二十二日時值己丑臘八，室外天寒地凍，應《點滴》雜誌周立民兄之約，於秋緣齋回憶《泰山書院》創辦之艱辛，百感交集。臨窗寫就，不知所言矣。

原載二〇一〇年第一期《點滴》（上海）

《我的中學時代》組稿編輯記

人到中年就開始憶舊了。當《初中生》雜誌約我寫一篇回憶初中生活的文章時，一下子激發了我的靈感。如果約請不同年齡層的作家、學者每人撰寫一篇回憶中學生活的文章，編成一書，便可使讀者瞭解各時期的中學生活，可以藉此觀察不同時代之間，乃至城鄉之間、南北之間中學時代之不同的生活風貌，尤其是以往的師生和中學是如何處理好「素質教育」與「應試教育」之間的關係的，以便取得「自傳式」和「口述實錄式」的史料和文證價值，給這個時代留下一份鑒往知今的文獻。中學時代是人生最美好的時光，處於青春萌動期的學生們對生活充滿了幻想和期待。對每個人來說都有太多值得回憶的東西。當我把這一想法告訴了南京大學徐雁教授時，馬上得到了他的贊同，並就該書的體例做了探討。我把《我的中學時代》的編輯設想寫信告訴某省出版集團的一位老總，很快得到了他的首肯。他說：「《我的中學時代》創意很好，可交教育社出，我個人覺得篇幅不要太大、作者不宜太多，精緻可愛即可。」隨即安排該省教育出版社一位編輯與我聯繫，敲定了選題。

得到了出版社的認可，我便開始約稿。很快就收到彭國梁、羅文華、高信、胡洪俠等師友回函，對此選題均表示支持。《文匯報》副刊「筆會」主編劉緒源先生最先發來了稿子。

劉緒源先生說：「發上我的短文《吃湯糰》，短了點，但自己覺得相當有趣，也在不經意中寫出了自己後來的自學之路。」

巴金胞弟李濟生先生寄來了〈中學生活斷憶〉，文章開篇曰：「編者忽發奇思，來函要我寫一篇回憶中學生活的短文。往事如煙，且到耄耋高齡。記憶力大差，七十多年前的往事真不知打哪兒說起。搜尋既往，有關學生時代生活尚能留存腦海裏的，也只有初中時代的某些片段而已，姑妄記之，未識能中試否？這也是在下為文中的『命題作文』之首例，實以情誼難卻耳。」李濟生先生以九十三歲高齡撰稿支持，感佩至深，惟有精心編排，以精美完善之書回報先生。

豐一吟先生收到約稿信後來電話說，她上初一時患病輟學，沒法寫回憶中學生活的文章了。我告訴她可以寫一寫她當時的生活。豐先生說：「《我的中學時代》最遲何時交稿，我有任務，五月底才結束啊。」我說稿子晚點不要緊，這本書一定要等她的稿子才截稿。不久，豐一吟先生寄來了《遵義憶舊》一文。一九三七年抗日戰爭爆發後，豐一吟隨父親豐子愷逃難，先到浙江桐廬，然後又到江西萍鄉，湖南長沙，廣西桂林、宜山，貴州都勻、遵義，最後來到四川重慶。在遵義讀完六年級，然後上初中，初一下學期，便患了傷寒，休學在家。後來到了重慶，以「同等學歷」考進了國立藝術專科學校應用美術系。豐先生的回憶文章真實地記錄了抗戰時期中學生的學習生活，亦為研究抗戰時期的教育狀況提供了珍貴的史料。

有幾位老先生的作品是從書上選錄的。我在《黃裳文集》中見有〈南開記憶〉一文，便給黃裳先生寫信告知選用他的這篇作品。姜德明先生在電話裏告訴我他的《相思一片》書中有〈燕子來了〉一文可以選用。來新夏教授寄來了一篇〈一個中學生的懺悔〉，他在信中說：「阿瀅兄：你好，前承函邀為《我的中學時代》撰文，謝謝！但近來身體較差，另撰新文有些難度，因正在寫回憶錄，其中有一篇舊文是我對中學生活的反思，特寄去，是否適用聽憑卓裁。」周海嬰先生幾年前曾簽名寄贈其著作《魯迅與我七十年》，在〈我的學習經歷〉中有一段關於中學生活的文字，想摘出來編入《我的中學時代》一書。三月初，給周老寫信說明編選《我的中學時代》一事，若同意編選就把該段文章列印後給他發去審閱，看看是否需要增刪文字。並為文章擬個題目。月底，收到周老電子郵件：「阿瀅：月初來示，幾次覆，遭到退信，奇甚！關於編選，我同意。謝謝！祝好！周海嬰於寓。」隨後將周老文章列印後寄去。四月份出差歸來，聽家人講，周海嬰先生來過電話，告知寄來了經他審定後的稿子。我卻一直沒有收到，又被郵局丟失了。只好再次把周老的文稿列印寄去，周老改後的文稿仍未收到。後來，周老來電話讓我全權刪改。

馬嘶、陳學勇、龔明德、張建智、馬曠源、朱紹平、子張、徐魯、秋禾等作家、學者都為《我的中學時代》撰文支持。羅文華兄為我約來了柳萌、葉延濱、孔慶東、陳漱渝、林希、聶鑫森等先生的稿子。《我的中學時代》一書的入選作者各個年齡層的都有，目錄是按作者的出生年月編排。三月份開始組稿，八月底全部完成，把書稿發給出版社。《開卷》、

《悅讀時代》、《海南日報》等報刊先後刊發了來新夏教授為《我的中學時代》所作序言。羅文華在《天津日報》選發了幾位老先生的文章，以為該書的出版做熱身宣傳。

書稿交出幾個月後，卻突然接到出版社編輯的電話，讓我把作者年齡控制在七十歲以上，編輯還說：「現在我來說這些，是否太遲？」為了組稿我忙了半年時間，書稿都已經編成了，又提出如此要求，我是無法接受的。不同年齡層的作者撰文可使讀者瞭解各時期不同的中學教育狀況，可以清晰地反映出我國中學教育的發展脈絡。讀者看到同年齡層的文章會引發共鳴。這些稿子的作者有文壇名宿亦有青年才俊，即使年輕作者也都是各地知名作家、學者，文章都是精挑細選的。我編過報紙，辦過雜誌，也編過書籍，從來都是按作品的質量選稿，而從未考慮過作者的年齡。我們又不是編選《老年文選》，為什麼要以作者年齡作為入選標準呢？如果都選七十歲以上的作者，書名就該改為《五十年代的中學生活》了，也就違背了編輯此書的初衷了。

看來需要重新尋找出版社了。我堅信，一定有慧眼識珠的出版家認同這部書稿的價值的。

二〇一〇年二月七日於秋緣齋

原載二〇一〇年第二期《悅讀時代》（廣東）

我與《新泰民政志》

建國後，新泰市兩次續修市志我都參加了，負責編寫其中的《民政志》。

一九八六年春，我剛從東北出了一趟遠門回來，單位領導說：「局裏要借調你去工作，都打過了幾次電話了。」單位馬上派車把我送到市民政局，這才知道，讓我參加《新泰史志・民政志》的編寫工作。與我一同參加《民政志》編寫的還有闞兆典和李因俊兩位退休教師。

由於是建國後第一次修志，要從一九八四年鴉片戰爭開始寫起，一直寫到一九八五年。後面好寫，前部分由於新泰檔案館資料有限，我們三人便前往省圖書館和檔案館查閱資料。找出相關書籍後，一頁一頁地翻看，發現一條抄錄一條。由於當時沒有複印設備，所有的資料都是手工抄寫，因而緩慢而又複雜。在省圖書館用了一個月的時間查找材料。回新泰後，工作進展的也不是很順利，不但需要查找資料，還要找人座談了解情況。檔案館所存放的五六十年代的檔案材料由於當時條件所限，有很多的材料都是用圓珠筆書寫，時間久了字跡洇散，為了辨別一份材料往往需要半天時間。就這樣，我們三人用了一年時間，終於完成了《民政志》的編寫任務。

《新泰市志》於一九九三年七月由齊魯書社出版了，但這部凝結著我們心血和汗水的志書的編寫人員欄中卻沒有我們三人的名字。我找到市史志辦公室理論，他們卻說，從編寫到出版之間跨越了七八年的時間，後來市志出版時曾專門通知各單位上報編寫人員名單，而民政局卻報上了一位副局長的名字。我們三人一年的勞動成果就這樣被領導輕易而舉的竊取了，或許這就是中國特色吧。

二〇〇〇年春，進行第二輪續修市志，這次的《民政志》由我一個人負責編寫。從一九八六年寫到二〇〇〇年，由於民政局檔案工作出色，這次編寫較上次容易的多了。只是每天到民政局六樓檔案室裏取出檔案，抱到五樓的辦公室，查到有用的資料後，再抱到二樓的複印室複印，再回五樓辦公室整理。僅用了兩個月的時間，就圓滿的完成了任務。其他單位都組織了幾個人的編寫班子，而我只是單槍匹馬，使民政局成為全市第二個完成修志任務的單位，受到了市里的表彰。第二部《新泰市志》於二〇〇四年十一月由中華書局出版。

後來，我曾多次建議編纂出版《新泰市民政志》，但有關領導不感興趣，只好作罷。只是可惜了我辛苦多年積累的資料。

庚寅夏，我整理《新泰市歷史文化資料書目》，發現了沉睡已久的油印本《新泰民政志》，感慨萬千，遂拔去鏽釘，重修裝訂，並簡要記下兩次修志經過，以作紀念。

二〇一〇年七月十八日於秋緣齋

《那一樹藤蘿花》後記

對於寫作者來說，編選自己的集子是一件快樂的事。只用了一天時間，就編好了這本書，之後是漫長的等待，時隔半年，當漸漸失去耐心的時候，才接到簽訂出版合同的通知，這才著手撰寫後記。我平時讀書習慣先讀序跋，序跋往往會透露出文本之外的訊息。因而，我的每一本書都有一個或短或長的序文或後記。

與以往的散文集不同，這本集子全是寫人的篇什。從我所寫的人物也可以看出我的興趣所在。我對胡適、林語堂、郁達夫、朱自清、梁實秋等新文學運動時期的文壇人物有著非同尋常的濃厚興趣。余生也晚，沒有趕上新文學運動的熱潮，只能千方百計地搜尋他們的著作，從故紙堆裏去尋覓他們的足跡，從作品中去感知先賢們的內心世界。無論搜尋、閱讀，還是品味，都是一個愉快的過程，每每讀到拍案叫絕之處，更能體驗到一種只可意會不可言傳的幸福感。

有書的日子不會寂寞，與書相伴充實而又溫馨，整日浸淫其中，自得其樂。但如果只做兩耳不聞窗外事的書生，久而久之就會成為書呆子，變成兩腳書櫥。書齋是書生的充電室，也是書生的避風港，讀進書裏，也要走出書外，所讀之書才能排上用場。走出書齋後，我結識了更多的愛書人，有李濟生、谷林、來新夏、黃裳、袁鷹、文潔若、豐一吟等腹笥充盈的文化耆宿，有馬曠源、龔明德、徐雁、伍立楊、羅文華等才華横溢的作家、學者，有王國華、周春、朱曉劍、眉睫等青年才俊……時常相互贈書，寫信，間或電話問候。秋緣齋裏藏有他們的著作、信箚、圖片，與他們的每一次交流，均大有裨益，偶有所感，便記錄成文，刊佈於各地報刊，集腋成裘，彙成了這組文字。

本書原名《紙魚噬書》，編輯改為《那一樹藤蘿花》，真的應該感謝編輯，看到這個名字，就使我想起對我有知遇之恩的孫永猛先生，他是一位作家，還是一位不合時宜的官員，誤入仕途或許是他英年早逝的原因。秋緣齋裏一直懸掛著他的遺墨：「鍥而不捨，金石可鏤」，看到它就像看到孫永猛那和藹的目光，催我上進，使我不敢有絲毫的懈怠。

我所取得的每一點微小的成績都是師友們關注、支持、鼓勵、鞭策的結果。因而，對師友們，我懷有敬慕感恩之心。這本書也是在大家的關懷幫助下完成的，謹將此書獻給我所敬重的每一位師友！

二〇一〇年五月十五日於秋緣齋

《那一樹藤蘿花》，二〇一一年四月大眾文藝出版社出版

《放牧心靈》後記

徂徠山位於泰山東南二十公里，新泰城西四十公里處，《詩經・魯頌》便有「徂徠之松」的詩句。唐朝開元二十八年（七四〇年），詩仙李白遊歷至此，被徂徠山的景色所迷戀，便與山東名士孔巢父、韓淮、裴政、陶沔、張叔明六人同隱徂徠山竹溪，縱酒酣歌，嘯傲泉石，舉杯邀月，詩思駘蕩，留下千古佳話，世稱「竹溪六逸」。張大千曾做「竹溪六逸圖」以記此事。我曾數次前往拜謁，外地有朋友來訪，我也總是帶他們去徂徠山礤石峪的六逸堂，瞻仰李白塑像，尋覓詩仙的足跡。李白的灑脫、豪放以及他的交遊都令人神往。

我嚮往四處遊歷、訪友探勝的生活。由於忙於生計，外出遊歷受到制約，但只要有機會還是要走出去。作家張煒說「切不可關在書齋裏，要走了再走，看了再看。」俗話說「讀萬卷書，行萬里路」，但紙上得來終覺淺，即使走馬觀花、蜻蜓點水式的外出，也比書本上的感悟深得多。我們現在生活的圈子太小，生活也太安逸。這對於一個作家來說，這樣的生活就是在浪費生命，人無法延長自己生命的長度，但可以去拓展生命的寬度和厚度。上世紀二三十年代作家們的那種自由讓人羨慕，他們可以自由地寫作，可以隨意選擇工作生活的城市，這種生活經歷是一筆寶貴的財富，如果默守在一個城市的角落裏，視線就會越來越短淺，直至被自己所遺忘。

這部集子分三部分：「屐痕處處」，是外出行旅實錄。去揚州訪問朱自清故居，到連雲港看吳承恩筆下的花果山，在齊國故都淄博參加全國書蟲雅集，到興化拜謁鄭板橋和施耐庵，去杭州、寧波、慈溪、上海、周莊訪友探幽，探訪千乘樓，參觀中國民間族譜收藏第一人的藏品。其中感受最深的是在江蘇興化，陪同遊覽的作家姜曉銘把當地的歷史講透了，因而印象深刻，收穫頗豐；「人生驛站」，有童年的情趣，有身處時代變革之際的中學生活記憶，有家在漂泊的無奈，也有坐擁書城的喜悅。是人生中的精神苦旅；「生活空間」，是與谷林、馬曠源、龔明德、董寧文、王國華等師友的心靈對話。

其實，本書旨趣就是遊歷，只不過前部分是實際行旅，而後部分則是精神行旅和紙上行旅。我並不期望此生有歌天泣地的波瀾之舉，只想做一位行旅書生。

感謝蔡登山先生把這部行旅記介紹給臺灣讀者。期盼著有一天，能夠去寶島淘書，親身體驗一下阿里山風光、日月潭的風情。能到梁實秋的墓前獻上一束鮮花，那更是人生一大幸福。期盼著！期盼著臺灣之旅早日成行！

二〇一〇年一月十九日於秋緣齋

《放牧心靈》，二〇一〇年八月臺灣秀威資訊科技公司出版

《秋緣齋書事三編》後記

《秋緣齋書事》在天涯社區的「閒閒書話」欄目連載了兩年，後因忙於編務，停止連載。連載的部分書事，先後結集為《秋緣齋書事》和《秋緣齋書事續編》付梓問世。《秋緣齋書事三編》係二〇〇七年與各地師友交流及淘書、讀書實錄。

二〇〇七年經歷的事情太多，母親的突然去世對我打擊很大，從小母親對我的付出超過常人的數倍，還沒來得及回報，她老人家卻遽歸道山，讓我欲孝不能，悔恨不已。我一手創辦的《泰山週刊》也在這一年被迫停刊。報紙創辦五年，雖無經濟效益，但得到了各地作家、學者的支援，在社會上產生了一定的影響。因而也惹了許多麻煩，辦報的同時也在與各種勢力作鬥爭，沒有屈服於外界勢力，卻處處受到提供刊號的合作者的掣肘，最終厭倦了與這些亞健康物種打交道，忍痛放棄了自己辛苦創立的品牌。儘管自己喜歡辦報，然而放棄了付出多於回報的報紙亦不失為明智之舉。彷徨之時，發奮自勵，一年來，從師友鼓勵中得到許多慰藉，從讀書學習中得到許多快樂。尤其是對書話的創作，有了更加清晰明白的認識。

近幾年，讀書界頗顯繁榮。全國民間讀書年會連續舉辦七屆；中國閱讀學研究會極力倡導讀書；各地舉辦讀書月、讀書節；出版界相繼推出書話叢書，受到書人追捧；一些專家學者到各地開辦講座，發動全民閱讀；溫家寶也表示贊成設立全國讀書節，提倡全民讀書……然而真正達到全民閱讀，把人們從電腦、電視旁拉回書桌讀書還是有一定難度的，即使在提倡「萬般皆下品唯有讀書高」的年代，讀書者也只是少數，裝修得富麗堂皇而見不到一本書的家庭不在少數，在二〇〇六年有個統計數字，我國人均擁有藏書量僅為零點三九冊。書話在引導人們讀書，激發人們的讀書興趣起到了積極的作用。在報紙上看到了一些書話應該怎麼寫的討論文章，也有痛心疾首者批評書話界所存在的急功近利現象，還有人誤把書評當作書話。書話寫作本不應該有什麼定法，只要是關於書的話題，想怎麼寫就怎麼寫，無拘無束才行。如果像古體詩那樣要講究平仄對仗，受各種條條框框的束縛，寫出來的書話就一個模式了。書話的關鍵是有趣味，姜德明、倪墨炎、胡從經的傳統書話，陳子善、龔明德、徐雁的學者書話，彭國梁、韋泱、董寧文的日記書話，胡洪俠、周維強的精短書話等，這些活躍在書話界的名家們的書話風格各不相同，越發引起讀者的閱讀興趣。

許多朋友說秋緣齋書事是書話，其實這並不是嚴格意義上的書話，也沒有按唐弢的「書話四點」去寫，而且還夾雜著一些個人工作、生活瑣事，秋緣齋書事只是一部與書有關的散記而已。

編選這本集子，也是對關心、支持、幫助我的師友的一種感謝。本書仍沿襲以往格式，封面用黃裳先生題簽，扉頁流沙河先生題簽。內文分為四輯，分別請陳子善、王稼句、胡洪俠、袁繼宏四位先生題簽。並請華北二才子羅文華、王國華為之作序，武漢萬康平作跋。還附錄了孟慶德和萬志遠的文章。可使讀者對秋緣齋主有更全面的瞭解。以經營書話、毛邊本、簽名本為特色的安徽蕪湖慵齋書店主人肖新忠獨家發行本書。在此一併致謝！

二〇一〇年二月四日己丑小年前兩日於秋緣齋，時值立春，萬物復蘇。

春天來了，生活又將翻開新的一頁。

《秋緣齋書事三編》，二〇一〇年四月中國文化教育出版社出版

《泰山書院》第四卷編後記

經過一段時間緊張的忙碌，《泰山書院》又將呈現在讀者的面前了。以往編完雜誌的興奮中總是夾雜著一絲焦慮，主要是考慮出版經費問題。此次有所不同，因為，雜誌從本期開始將由在孔夫子舊書網開設網店的安徽蕪湖慵齋書店負責發行了。讀書雜誌能被市場認可，這是一個良好的開端。

辦刊經費是困擾民刊發展的主要因素，有些雜誌經費由掛靠單位支付，還有一些雜誌靠單位及朋友贊助。靠單位支付費用的雜誌，大都是單位負責人是支持文化事業的愛讀書人，但這種官員畢竟是少數，一旦更換了不懂文化的官員，雜誌的命運就可想而知了。靠單位及朋友贊助的雜誌更是朝不保夕。只有走市場的路子，才是雜誌發展的最佳途徑。

上世紀二三十年代各文學社團創辦的文學雜誌都是交書店發行的，儘管銷售數字有多有少，但保住印刷出版費用還是不成問題的，有些雜誌甚至還會脫銷、加印。

雜誌交書店發行，辦刊壓力隨之增大。本期雜誌從選稿、校對，到編排都特別的精心細緻。並特地邀請了西安的封面設計專家崔文川先生設計了封面，首先從視覺上讓讀者感到一種全新的感覺。

本期作者的作者陣容更加強大，欄目設計更趨合理。邵燕祥、柳哲的往事鉤沉，陳子善、俞曉群的新著序跋，萬君超、劉德水的書人速寫，董國和、袁濱的品書論道，馬曠源、羅文華的精彩隨筆，王國華、劉學文的淘書記趣，劉宗武、夢之儀的行旅散記……將會給讀者呈現出一道道豐盛的文化大餐。

張煒先生說：「真正的好書它就是要在時間裏能留下來，特別不要以市場為導向，因為雅文學、雅藝術、真正的文化類的、精神類的，它不能以市場為導向，它有時候還是個逆向的東西，它相反要經受時間的檢驗。」雜誌亦然。雜誌銷售量並不能證明雜誌的優劣，往往時尚雜誌或文化速食類雜誌，開機就印上萬冊甚至百萬冊，而純文學雜誌發行千份已是很普遍的問題。

《泰山書院》經歷了痛苦和磨難，正處在一個蝶變的過程，因而，更需要廣大讀者關心支援和鼎力相助。使《泰山書院》在大家的精心呵護下茁壯！

二〇一〇年九月七日於秋緣齋北窗下，時夜深人靜，秋雨沙沙。

答《圖書館報》記者孫莉薇問

第一問：在您的衆多圖書作品中，有沒有是因為個人興趣或者是其他個人的原因出版的？若有，請舉例說明。

自二〇〇〇年出版第一部散文集《書緣》以來，至今已公開出版個人作品集九部，在這些作品中，《秋緣齋書事》一至三編是因個人興趣而出版的。秋緣齋是我的齋名，「秋緣齋書事」則是記錄了我與各地作家、藏書家、書友交流及淘書日記。《秋緣齋書事》，係二〇〇五年全年書事，於二〇〇七年出版後，先後有四十餘位作家撰寫了評論文章在各地報刊發表，《工人日報》、《出版參考》等報刊對該書作了介紹；《秋緣齋書事續編》記錄了二〇〇六年的書事，於二〇〇八年出版；《秋緣齋書事三編》是二〇〇七年書事，於二〇一〇年出版。

第二問：為什麼要選擇出書，這些書出版的主要用途是什麼？印刷數量大概有多少？

《秋緣齋書事》記錄了我與各地作家、藏書家、書友的友誼，彙集出版一方面是為了回報關愛我的師友，另一方面也記錄了中國藏書界的一些趣聞軼事，有些頗具史料價值。書話家龔明德曾說：「給《秋緣齋書事》做一個詳盡的人名索引，會發現這一年的阿瀅所經所歷的『書事』是『國家級別』的交往——他錄及的書人幾乎全是當今在中國有品位的書界活躍著的書人、他錄及的書事也幾乎全是當今中國有品位的書界生動著的書事。」

《秋緣齋書事》屬於小眾讀物，只是喜歡書的人才愛讀，讀者面不是很寬，因而，印數都是一千冊。

第三問：在出版這些書的時候，遇到過哪些問題？是怎樣克服的？

《秋緣齋書事》系列都是採用叢書號自費出版的，這種書不涉及政治、迷信及暴力問題，因而很容易通過出版社的審讀。在出版中遇到的最大問題是出版經費問題，《秋緣齋書事》第一部幾乎全部贈送各地師友，單是郵費就賠上幾千元。《秋緣齋書事續編》出版時，一部分贈送與我有往來的師友，另一部分通過網上銷售，收回了部分成本。《秋緣齋書事三編》出版前，在孔夫子舊書網開網店的安徽蕪湖慵齋書店找到我，商定《秋緣齋書事三編》由該店獨家包銷，並按書店要求做了部分精裝毛邊本。目前該書銷售情況良好。

第四問：您對這種個人需要或者興趣出書的行為如何看待？

根據個人需要出書是目前出版機制下，作者無法通過正常渠道出版，採取自費印行書籍從而達到自己目的的一種行為。這種書一般來說讀者面相對較窄，出版社怕虧本而拒之門外。印數不會很大，一般在一千冊左右。大部分採用與出版社合作，自費出版方式。另一部分則是屬於自印本，自印本並不是達不到公開出版的水平，而是受各方面條件的制約，一時不能公開出版。其實，有很多自印本的文學及史學價值要超過一些正式出版物。老出版家鍾叔河先生的老伴朱純出過一本自印本《悲欣小集》，只印三百冊，編上號碼，寄贈親友；王世襄先生出過《清代匠作則例彙編佛作•門神作》自印本；王元化先生也曾出過線裝一函十冊《清園文稿類編》自印本；山東省委黨史委離休幹部侯井天先生，窮二十年之精力搜集、整理聶紺弩軼詩，先後六次自費編印《聶紺弩舊體詩全編》，比人民文學版《散宜生詩》多收入四百餘首軼詩，《聶紺弩舊體詩全編》不僅作了詳注，而且還有句注和按語、集評；山東作協主席張煒曾贈我一冊《張煒的詩》，也是自印本，而且只印了二百六十冊，每冊都有編號，以分贈好友。

這種按照個人需要或興趣出版的作品集的文學及史料價值不容忽視。

第五問：未來有機會是否還會選擇這種出書方式？

將來還會採取這種方式出版個別作品集，比如《秋緣齋書事四編》、《秋緣齋書事五編》都在校對中，只要機緣合適就馬上付梓。

第六問：請您簡單向讀者介紹一下您最近在臺灣出的書。也請談談選擇臺灣出書的原因？

自二〇〇九年十二月臺灣秀威公司給我出版了第一部書《九月書窗》以來，已給我出版了三部作品集。《九月書窗》分三部分，「書人書事」鉤沉往事，記述了梁實秋、邵洵美、林語堂等上世紀二三十年代作家的逸聞趣事，以及與谷林、文潔若、姜德明、苗得雨、張煒、王稼句等師友的交往；「書林漫步」記錄了在書海暢遊中自己的所感所悟；「書香人生」則是我近年來的淘書、讀書生活實錄。曾在大陸幾家出版社通過初審，並談妥了版稅，但後來都因出版社怕賠本而無法出版，後來浙江一位作家把該書介紹給臺灣出版家蔡登山先生，蔡先生看過書稿後馬上拍板出版了該書；《尋找精神家園》於二〇一〇年一月出版，該書曾出過大陸版，也是一部以書為主線的作品集；《放牧心靈》於二〇一〇年八月出版，有三部分內容：「屐痕處處」，是外出行旅實錄。去揚州訪問朱自清故居，到連雲港看吳承恩筆下的花果山，在齊國故都淄博參加全國書蟲雅集，到興化拜謁鄭板橋和施耐庵，去杭州、寧波、慈溪、上海、周莊訪友探幽，探訪千乘樓，參觀中國民間族譜收藏第一人的藏品；「人生驛站」，有童年的情趣，有身處時代變革之際的中學生活記憶，有家在漂泊的無奈，也有坐擁書城的喜悅。是人生中的精神苦旅；「生活空間」，是與谷林、馬曠源、龔明德、董寧文、王國華等師友的心靈對話。該書旨趣就是遊歷，只不過前部分是實際行旅，而後部分則是精神行旅和紙上行旅。

與臺灣相比，大陸讀者要比臺灣讀者多的多，臺灣出版商看到好的文本就會馬上出版，大陸出版社為什麼不可以呢？

第七問：臺灣的按需出版非常發達，您的作品是否也參與這種方式的出版？請談談這種出版方式的優劣？

我對按需出版的方式頗為讚賞，這樣可以使一些好的作品不致湮沒。另外，可以幫助一些作者實現自己的夢想。按需出版如果出版方不嚴格把關，也會出現泥沙俱下的現象，按需出版也要保證書的質量才行，否則，出版方的聲譽也會受到影響，一些有思想、有品位的作家就不會把書籍交給這些出版商出版。

二〇一〇年八月十八日於蘇州拙政園嘉實亭草就，
次日零時，於上海新協通國際大酒店改定。

原載二〇一〇年八月二十七日《圖書館報》（北京）

被重名

中國人口多，重名者多得無法統計。父母最早給我取名郭安營，因出生在外地，同姓者不多，更無同名者。後來回到老家，發現有許多重名者，上學後，便改名郭偉。當時沒人重名，後來，重名者越來越多。但個人的各種檔案資料也越來越多，再改名字也不現實。

上世紀八十年代初開始碼字生涯，最初幾年，每每看到自己的名字變成鉛字，激動的心情無以言表。偶見一份雜誌目錄中有自己的名字，而且自己也曾向這份雜誌投過稿，只是題目變了，以為是編輯改了題目，急於看到自己的成果，馬上郵購了雜誌。收到雜誌時，才知道並不是自己的作品，只是作者重名。當時曾以這哭笑不得之事為素材寫了一篇小小說，發表在雲南的一份雜誌上。

我的第一部散文集《書緣》出版時署名郭偉，江蘇寶應一位讀者來信求贈簽名本，信的落款也是郭偉。於是，我的書上出現了上款、下款都是郭偉的獨特的簽名本。

使用電腦寫作後，眼前的世界縮小了，所接觸的不再是身邊有數的人，在網上打上自己的名字搜索，便出現了形形色色的重名者，有官員、藝術家、軍人、運動員也有犯罪分子。頃刻之間，自己被網路淹沒了……

從此，發表作品、出版書籍不再使用本名，而改用筆名阿瀅。儘管曾在網路上發現了少數重名者，但都不是從事寫作的筆名，只是昵稱，在寫作上不再受重名者的困擾。

重名會帶來很多麻煩，即使語音近似也不方便。讀高中時同班有個叫高偉的女同學，老師提問時因發音不準，不是我起來，就是她起來，有時兩人同時站起來。後來聽到老師提問，先是相互看一下，然後看老師的眼神，再決定是否起立。

重名有時還會帶來一些不快。一次，法院一位朋友打來電話，語調有些神秘，說：「你讓人家起訴了。執行庭副庭長正在找你，打聽你的電話。」我問：「怎麼回事？誰起訴我？我怎麼不知道？」她說：「一位回民起訴的，說是你與別人合夥開鐵礦的事。」我說：「我除了前些年做過圖書生意外，再沒做過其他生意。你讓他給我打電話，我問他怎麼回事。」朋友知道案子與我無關，也就放心了，對那位副庭長說：「他是市政協常委，還是咱法院的陪審員，這事你處理不好，會有麻煩的。」我等了半天也不見那位糊塗法官打來電話，查到了他的電話後，就打了過去，質問他：「你滿世界找我怎麼回事？」他說：「因你和別人合夥開鐵礦欠人款，有人起訴你，已經缺席判決了。」我說：「你這案子是怎麼辦的？他起訴的是哪個郭偉？我認識的郭偉也有十幾個。你不知道被告身份證號碼，不知道被告的住址，你是怎麼辦案子的？如果給我造成名譽損失，我就告你。你不給我一個說法，我明天就去找你們院長。」聽我口氣強硬，那頭語氣開始諾諾，放下電話，仍是憤憤不平，這個庭長真是個二百五，這樣的素質怎麼配做法官呢。

重名者帶來的不完全是煩惱，有時也會遇到有趣的事情。二〇〇八年十二月，蘭州一位叫郭偉的重名者在我部落格留言：「老兄您是否叫郭偉，偶然搜索兒子的名字，竟然發現同名者，且父子皆同名，不知是不是一種緣，不過我沒有老兄那麼多才多藝，學生時代愛好的書畫全都荒廢了。看你兒女均已考入大學，我兒子今年十六，正讀高二。我給兒子起名時選孟是因老大、長子、長孫之意，堯乃中華人類開天之堯帝，不知老兄是否此意。」真是巧了，為了避免重名，當一對龍鳳胎兒女出生後，我並沒有按族譜上所制定的行輩取名，分別給兒子、女兒取名郭孟堯、郭孟嬌。重名不足為怪，令人驚奇的是他父子與我父子重名，是巧合還是緣分？

二〇一〇年六月八日於秋緣齋

原載二〇一〇年六月二十日《天津日報》（天津）

重修報恩寺碑記

新泰治之西，新甫山之陽，有寺曰報恩。始建魏晉，興於唐宋。晨鐘暮鼓互聞，香燭梵煙相續，佛緣勝地也。然劫塵未息，人世嬗替，千載古寺，遂化丘墟。今國勢昌盛，士民樂安，乃重構古剎，即拓其故址，又闊其規模，復增其舊制。善眾欣然以樂助，遊子四方而回應。丁亥四月動工，十月告竣。雕樑複架，金碧重新，美哉輪焉，美哉奐焉！斯盛事也，謹記貞石，以傳後世云。

歲次庚寅初夏下澣，秋緣齋主人郭偉撰

原載二〇一〇年第二期《新泰文史》（山東）

對著棺材喝杯茶

庚寅初夏，外出歸來，聽到一個不幸的消息，一位還沒過四十五歲生日的朋友猝然去世了，朋友們聚在一起，想起朋友的種種好處，不禁黯然神傷。不到半月，又有一位四十五歲的朋友在毫不知覺的情況下駕鶴西去。他們走得都是那麼匆忙、那麼突然，沒有一絲一毫的思想準備。朋友母親握著我的手說：「塌天了……」，我的淚水怎麼也無法止住。我不知道如何安慰她，只能緊緊地握著她的手，哽咽著說：「您保重！」

人到中年，上有老下有小，工作、生活、精神壓力都是最大的時候，往往認為自己身強體壯，而忽略了健康問題，拼命的工作、毫無節制的飲酒、沒完沒了的應酬，而最終體力透支，造成悲劇。

有人去印度，跟朋友到茶館喝茶，發現每個桌子上都有一個微型棺材，瘆得他茶也沒有喝好，而其他人則很自然的說笑聊天。慢慢地他也習慣了對著棺材喝茶，喝茶的同時也引發了一系列的思考，一段時間後，他說話不再急躁，就連走路也沉穩了許多。

處事要淡定。淡定是內在心態的修煉到一定程度所呈現出來的那種從容、優雅的感覺。是一種思想境界，是一種心態，是生活的一種狀態。人們都明白這個道理，但遇到了問題，很難做到處之泰然，寵辱不驚的淡定心態。往往會揚眉劍出鞘，這樣的結果即便是取得了勝利，對自己的身心也是一種傷害。

這些年來，在自己創業奮鬥的同時，也一直在與各種勢力鬥爭，時時處於高度緊張甚至興奮的狀態。當初毛澤東說：「與天鬥其樂無窮，與地鬥其樂無窮，與人鬥其樂無窮。」這種爭鬥毫無樂趣可言，儘管自己在各種「鬥爭」一直立於優勝狀態，但身心疲憊，並厭倦了這種爭鬥，漸漸退回書齋，過著以書相伴，逍遙自在的日子。

突然間，想起了對著棺材喝茶的故事。生活在這個時代，人們的壓力都很大，閒暇時，真該對著棺材喝杯茶了，它會提醒你如何面對生活，如何面對人生。

二〇一〇年五月八日，參加朋友葬禮歸來，心情沮喪，百感交集，不知所言。

原載二〇一〇年五月十六日《天津日報》（天津）

人情，猶似一幅美麗的畫兒

朋友來聊天，說起一件事，有兩位十分要好的兄弟鬧崩了，其原因卻是為了一個女人，那女人雖不是風塵女子，但也絕非本分之人，善於遊走於男人之間。兩兄弟為了一個女人翻臉，讓人鄙視之餘，不由得產生思考，難道幾十年的兄弟情誼抵不過輕佻女人的一顰一笑？人們之間的情誼竟然如此脆弱？

友情是一個古老的話題，什麼「管鮑之交」，什麼「羊角哀捨命全交」，什麼「俞伯牙摔琴謝知音」，這些故事曾經感動人們幾千年。為什麼人們還要反覆地講呢？就是這種事情太少了，本來都是一些應該做的事，但往往又做不到，沒有新的版本，便只好一代一代地靠傳誦這些古老的故事來教育下一代。

人們之間的交際圈是隨著時間、地位的變化而變化的，友情也僅限於同一階層之間，否則，那種友情也是畸形的，即使有所交，亦為一方憐憫、施捨型的交往。

清末鄒弢的《三借廬筆談》卷六有〈蒲柳仙〉一文，記述了王漁洋與蒲松齡的交往：「王阮亭聞其名，特訪之，避不見，三訪皆然。先生嘗曰：『此人雖風雅，終有貴家氣，田夫不慣作緣也。』其高致如此。既而漁洋欲以三千金售其稿，代刊之，執不可。又託人數請，先生鑒其誠，令急足持稿往。阮亭一夜讀竟，略加數評，使者仍持歸，時人服先生之高品為落落難合云。」這段記錄是不符合實際的。王漁洋官至刑部尚書，勤於著書，有《帶經堂集》、《漁洋詩集》、《池北偶談》等數十種五百六十多卷，主盟詩壇半個世紀之久，被譽為「一代詩宗」「文壇領袖」。而此時的蒲松齡在明末戶部尚書畢自嚴家教書。畢自嚴的二兒子畢際有的夫人是王漁洋的姑母，王漁洋是在去看望姑母時認識了在畢家教書的蒲松齡的。並不是像《三借廬筆談》中所記述的王漁洋三訪而不見。王漁洋讀過《聊齋志異》後，還提出了許多修改意見，並做有一詩：「姑妄言之姑聽之，豆棚瓜架雨如絲。料應厭作人間語，愛聽秋墳鬼唱詩。」儘管蒲松齡的道德學問受到王漁洋的賞識，但兩人地位懸殊太大，因而並沒有進一步深交，地位使然。

所謂的愛情亦為如此。當年徐志摩與林徽因為愛神魂顛倒，為了得到林徽因的芳心，徐志摩毫不猶豫的與深愛著自己的妻子張幼儀離了婚，而林徽因卻沒有嫁給他，而是嫁給了梁思成。是林徽因不喜歡徐志摩嗎？答案是否定的，徐志摩去世後，林徽因的臥室裏一直懸掛著一塊徐志摩所乘坐的飛機殘片，就說明了一切。徐志摩風流倜儻，一表人才，是公認的風流才子，而梁思成則是老實巴交的學者。究其原因，還是社會地位問題，林徽因的父親是司法總長，梁思成的父親梁啟超是教育總長，兩家正可謂門當戶對。徐志摩的父親雖然有錢，但有錢並不代表有地位，在人們眼裏，只不過是暴發戶、土財主而已。沈萬三富可敵國，也沒逃脫被流放邊關，客死他鄉的下場，有錢人在官場裏不值一提。儘管林徽因深受西方教育，但總也脫不了中國傳統觀念。而徐志摩毫不悔悟，仍舊依戀林徽因，而導致在浪漫的幻覺中喪命。

人與情的結合就叫人情。包括友情、愛情乃至親情。流傳了幾千年的故事，大都是人情在某個特定的時間或特定的區域內煥發出燦爛的光束，偶然被撲捉到，定格為典範事例的。

人情，猶似一幅美麗的畫兒。外表看來精美、漂亮。偶有風浪，這幅看似美麗的畫兒就會被撕得粉碎。

二〇一〇年九月四日於秋緣齋

原載二〇一〇年九月十一日《晶報》（廣東）

這些賀卡，需要砍多少樹？

進入年尾，每天都能收到各地師友寄來的賀年卡，但我沒有寄出一份賀年卡，因為我一直想著谷林先生的話，二〇〇七年底，按習慣給谷林等老先生寄去新年賀卡。谷林老收到賀卡後給我回了一封長信：「阿瀅尊兄台鑒：賜寄鼠年賀卡，是我於十二月十六日收到的第一張，不答則失禮，如也去買賀卡，則既嫌花費，又感被俘虜了，成為賀卡隊員，殊不甘心，我思考了一陣，於是寫此信，希望你能轉到我一邊來，成為反對派，以後不再使用賀卡，不客套，有事改為寫信，有閒暇談談心，增加互相更多的理解，友情日進，終成老友故交，豈非至樂？……」谷林老的話讓人深思，從此拒絕使用賀卡。

春節前，每個單位都或多或少的買一些賀年卡，有些讓工作人員發出去了，還有許多堆在那兒，不久之後就會與報紙一起被收購廢報紙的小販帶走。除了做廣告宣傳之外，單位的賀卡基本不是主動買來的，郵政局工作人員都有任務，每人要銷售多少賀卡，而且與工資獎金掛鈎，於是郵政工作人員就通過七大姑八大姨各種關係千方百計地推銷賀卡，賀卡推銷出去，工資獎金到手，管它是否郵寄呢。

現在的賀年卡越做越講究，許多賀年卡別出新裁，印製特別精美，一份賀年卡的費用加上郵費足以買一本雜誌。但收到賀卡後，往往隨手一扔，便結束了賀卡的生命，讓人著實心疼。

對於個人來說，這些賀卡沒有什麼值得大驚小怪的，如果說每個人手中的賀卡所需材料只是一截小小的樹枝的話，全國每年製作賀卡就要毀掉一片森林。況且從砍伐樹木、造紙、印製、發行、郵寄整個過程所花費的財力，如果一一算來那更是驚人的一筆數字。

新年到來之際，親友之間相互拜年是我國的傳統文化，但可以採取更有效、經濟的方式進行。比如發訊息、打電話，甚至還有更省錢的招——發電子賀卡，許多網站都製作了很多精美的電子賀卡供網友免費使用，使用電子賀卡經濟實惠、低碳環保，何樂而不為呢？

二〇一〇年十二月三十一日於秋緣齋

原載二〇一一年一月五日《晶報》（廣東）

跋

庚寅秋日，在鄭州大學趙長海兄的河南文獻書庫，邂逅中國閱讀學研究會會長、南京大學徐雁教授。徐雁兄剛剛在新鄉河南師範大學組織了一次會議，我收到了邀請函，由於已經開始了為期半月的文化之旅，而未與會。新鄉會議結束後，徐雁兄應邀到鄭州大學講學，我去鄭州大學拜訪長海兄，與徐雁兄不期而遇。徐雁兄說，要趁年輕，在五十歲前多跑一些地方。他的想法與我又是不謀而合。讀書、辦刊、行走是我生活的主要組成部分。我一直在想，趁著身體允許，一定要讀萬卷書，行萬里路。

對我來說，二〇一〇年的主題就是行走。在這一年裏，先後去了湖州、蘇州、上海、太原、晉中、臨汾、運城、三門峽、西安、洛陽、鄭州、開封……還有山東的一些地區。訪友，訪書，訪名勝。拜訪了豐一吟、李濟生、高信、張建智、王稼句等我所敬仰的先生們；參觀了南潯嘉業堂藏書樓、常熟鐵琴銅劍樓、聊城海源閣等清代著名藏書樓；拜謁了翁同龢故居、張靜江故居、傅斯年紀念館；遊覽了南潯古鎮、沙家浜、世博會、平遙古城、秦始皇兵馬俑、龍門石窟、少林寺、清明上河園等文化名勝……每次外出都有沉甸甸的收穫。

當臺灣出版家蔡登山先生要把我二〇一〇年的文字結集出版，介紹給臺灣讀者時，我心裏充滿了感激。此前，蔡先生已經把我的《九月書窗》、《尋找精神家園》和《放牧心靈》三本書列入「認識大陸作家系列」叢書，陸續在臺灣出版發行。為此，我還收到了臺灣讀者的來信，說明幾本書在臺灣多少產生了一些影響。感謝蔡先生和臺灣秀威公司的編輯們為出版我的作品所做的努力和付出的勞動。

《秋緣齋隨筆》收錄了二〇一〇年所寫的隨筆，全書分「文化行旅」、「書人書事」和「齋中品茗」三部分。這些文字是由實際行旅與精神行旅組成的文化行旅筆記。除了少數在書齋完成，大部分寫於旅途。我是懷著感恩之心來整理這部書稿的，如果這本小書能夠增加臺灣讀者對大陸文化的瞭解和認知，對於探尋大陸文化的現狀及各地的風土人情有些許幫助的話，那正是我所期望的。

感謝張建智、徐雁、王稼句、袁纖宏、崔文川、趙長海、祁新君、王萬順、吳開慧等師友們的邀請和盛情接待，促使我完成了一次次的文化之旅。

謹將此書獻給各地的師友們！

感謝臺灣的讀者們！

二〇一一年一月十三日於秋緣齋

語言文學類　PG0543

秋緣齋隨筆

作　　者 / 阿　瀅
主　　編 / 蔡登山
責任編輯 / 鄭伊庭
圖文排版 / 蔡瑋中
封面設計 / 王嵩賀

發 行 人 / 宋政坤
法律顧問 / 毛國樑　律師
印製出版 / 秀威資訊科技股份有限公司
114台北市內湖區瑞光路76巷65號1樓
電話：+886-2-2796-3638　傳真：+886-2-2796-1377
http://www.showwe.com.tw
劃撥帳號 / 19563868　戶名：秀威資訊科技股份有限公司
讀者服務信箱：service@showwe.com.tw
展售門市 / 國家書店（松江門市）
104台北市中山區松江路209號1樓
電話：+886-2-2518-0207　傳真：+886-2-2518-0778
網路訂購 / 秀威網路書店：http://www.bodbooks.com.tw
國家網路書店：http://www.govbooks.com.tw
圖書經銷 / 紅螞蟻圖書有限公司
114台北市內湖區舊宗路二段121巷28、32號4樓
電話：+886-2-2795-3656　傳真：+886-2-2795-4100

2011年7月BOD一版
定價：300元

國家圖書館出版品預行編目

秋緣齋隨筆 / 阿澄著. -- 一版. -- 臺北市 : 秀威資訊科
技, 2011. 07
面； 公分. --（語言文學類 ; PG0543）
BOD版
ISBN 978-986-221-743-6（平裝）

855　　　　　　100006457

讀者回函卡

感謝您購買本書，為提升服務品質，請填妥以下資料，將讀者回函卡直接寄回或傳真本公司，收到您的寶貴意見後，我們會收藏記錄及檢討，謝謝！

如您需要了解本公司最新出版書目、購書優惠或企劃活動，歡迎您上網查詢或下載相關資料：http:// www.showwe.com.tw

您購買的書名：________________________________

出生日期：_______年_______月_______日

學歷：□高中（含）以下　□大專　□研究所（含）以上

職業：□製造業　□金融業　□資訊業　□軍警　□傳播業　□自由業

□服務業　□公務員　□教職　□學生　□家管　□其它____

購書地點：□網路書店　□實體書店　□書展　□郵購　□贈閱　□其他

您從何得知本書的消息？

□網路書店　□實體書店　□網路搜尋　□電子報　□書訊　□雜誌

□傳播媒體　□親友推薦　□網站推薦　□部落格　□其他________

您對本書的評價：（請填代號　1.非常滿意　2.滿意　3.尚可　4.再改進）

封面設計____　版面編排____　內容____　文／譯筆____　價格____

讀完書後您覺得：

□很有收穫　□有收穫　□收穫不多　□沒收穫

對我們的建議：________________________________

____

____

____

請貼
郵票

11466
台北市內湖區瑞光路 76 巷 65 號 1 樓
秀威資訊科技股份有限公司 收
BOD 數位出版事業部

....

（請沿線對折寄回，謝謝！）

姓　　名：____________________　年齡：________　性別：□女　□男

郵遞區號：□□□□□

地　　址：____

聯絡電話：（日）________________________（夜）________________________

E-mail：____